曲姐的光碟謀殺案

新聞純小說，不賣情緒，只賣想像力。

謝寒冰 ◎著

晴易文坊

目錄

楔子

夜，鋪天蓋地的黑，
沒有盡頭。
路，驚天動地的悲，
無法回頭。

走在黑夜中的南京東路上，她挽著他的手，狀似親密，默默無言地沿著一排排已經歇息的店鋪，慢慢地朝著三民路的方向走去。

儘管看來像是熱戀中的一對情侶，但在她的心中，甜蜜的感覺並沒有那麼多；「雖然女人一生貪的是一個情字，但，我真的愛他嗎？」她悄悄地問著自己，問著自己並不知道的答案。望著他熟悉又帶著點陌生與遙不可及的臉龐，困惑湧上了她的心頭。

曾經，他是她年幼時魂牽夢繫的幻想對象，他是小學班上的副班長，每次看到他相對高大、健壯的早熟身軀，她就覺得充滿了安全感，覺得找到了依賴的對象。然而，當時毫不起眼的她只敢在暗中傾慕，一點也不敢向他表白，只在偶爾的目光交錯中，才隱約覺得對方似乎也注意到了自己。

時光稍縱即逝，轉瞬間過了十年，她已經是研究所的高材生，而他也進入警官學校研究班就讀，在那場有些命中註定的同學會中，兩人再度重逢，她忽然發覺自己有了小時候從未有過的勇氣！表面上看來，是他主動地向她積極追求，而實際上，她很明白，一切都在她的掌握中；「我只是要讓大家看起來是這樣罷了。」

現在，雖然她表現得十分羞澀，但心裡卻相當明白，就在今天晚上，他就要對她有更進一步的要求了。「我該不該把自己交給這個人呢？」再度望著身旁的男人，卻只見他停下了腳步，指著一家賓館的招牌說：「我們到這裡休息一下吧？」

心中還在遲疑，她的人卻還是跟著他走入了帶著情色意味的房間；淡紫的柔光、淡粉紅的圓床、野豔的掛畫……一切好像都是那麼自然，她順從地任由他親吻她柔嫩的身體，任由他褪去最後的衣衫，然後在最終結合的那一剎那，難忍的劇痛卻令她猛然瑟縮，好像要傾洩一切的過往記憶一般，淚水滾滾自眼眶中奔湧而出。

「妳別哭……別哭嘛，我不再做了，對不起！」當他手忙腳亂地從她身上爬起，還慌慌張張地試圖安慰她時，她忽然對他感到強烈的輕蔑，但奇妙地，儘管淚水依舊不斷流下，她卻一點也不覺得傷心，也不覺得失去貞操有什麼值得難過，在抽咽中，她忽然感到自己卻有著莫名的征服快感。那種折磨男人，也折磨自己的快感！

從那一天起，這個童年的迷戀對象在她心中已經消失無蹤，事後她甚至還寫了一封信給這個男人，問他：「你現在還有沒有在想那些齷齪的事情？」而也就從那一天起，她真正地蛻變了，從一個青澀的少女幻化成為真正的女人，她深刻體會到，身為一個女人，她應該如何去將世界掌握在自己的手中。

曲姐，就從那命運中的一夜，靜悄悄地在台北誕生了。

第一章　暗潮

「是誰？究竟是誰要害我？」

雖然極力否認，但她心中十分清楚，記者所說的筆記內容，確實就是自己的親筆字。

除非是非常接近的人，否則絕對不可能拿得到。「這個人就在我的身邊，我絕對想得出這個人是誰？」

想到這裡，她喝了杯熱茶讓自己平靜一下，跟著開始思考最有可能出賣她的人……

台北，華人世界最偉大的緋聞舞台，小道消息、八卦謠言，讓人永不寂寞。但是，等待第一手的緋聞，總是難捱的。

在忠孝東路旁的一間咖啡廳中，兩名男子臉上顯露出不耐煩的神色，不住向廳外的馬路上張望，似乎在等待著什麼人的來臨？忽然，其中一人的手機響了，經過一番交談之後，兩個人旋即起身，買單後走出咖啡廳。

這時候正是下午兩點多左右，陽光經過街上玻璃帷幕大樓的反射，灑得大街上每個人一陣溫暖，可是在這兩名行色匆匆的男子臉上，卻透露著幾許陰沈；他們快步走向停在路邊的一輛轎車，和車上的人低語幾句之後，便轉入道路左側的一條巷弄中，左彎右拐，又走進另一間咖啡廳。

咖啡廳的規模很小，總共只有六張桌子，而在靠吧台側邊一個陰暗的角落中，背對著門口，坐著一位頭戴寬帽的中年婦女。兩名男子對望了一眼，便直接走到桌邊，由那位看來比較老練的男子開口問道：「請問你是李小姐嗎？」

中年女子點了點頭，好像有點勉強地對兩名男子笑了笑，然後示意兩人坐下，這時，老闆拿著MENU走了過來，兩名男子隨便點了兩杯飲料，就迫不及待地遞出名片，跟著說：「李小姐，妳說妳有一個大新聞要提供給我們，不知道是關於誰的新聞？資料是不是準備得很齊全？」

「我給你們的這個獨家消息絕對勁爆，可是不知道你們敢不敢報導？」李小姐一邊說著，一邊咳嗽，感覺上好像感冒相當嚴重，順手拿起一杯開水喝了一小口。那老練的男子等到李小姐的動作做完，才回應說：「只要妳提供的消息是確實的，並且有充分的證據，我們雜誌一定會做完整的報導，我想在這點上，我們的作風相當有名，李小姐既然會找到我們，自然也瞭解我們的一貫原則才對。」老練男子的口氣中，似乎對自己的雜誌相當的自豪。

李小姐對老練男子的說法不置可否，只是笑笑說：「我先拿一些資料給你們看，看完你們再決定是否要繼續報導？」說完這句話，李小姐從身邊的手提包中取出一疊厚厚的牛皮紙袋，正想從袋內取出東西來時，老闆正好送飲料過來，李小姐刻意停止了動作，一直等到老闆放好飲料離開，她才繼續從牛皮紙袋中掏出一大疊的影印紙，紙上似乎寫了許多的文字。

「不知道你們對曲美鈴熟不熟？認不認識她的筆跡？」李小姐似笑非笑地凝望著兩名男子。兩名男子平日專跑社會新聞，如果說是警官或是檢察官，倒是如數家珍，但對曲美鈴這種政治人物，兩人雖然都約略知道她的經歷與現況，卻都不認識她的筆跡，尷尬之餘，還是那位老練的男子開了口：「坦白說，我不認識她的筆跡，不過我們雜誌社裡有很多人和她很熟，只要把資料拿回去給他們看一下，相信他們一定能夠認得出來。」

爲了盡快瞭解李小姐葫蘆裡究竟賣的什麼藥？老練男子一面翻看資料，一面問道：「妳收集的這些資料都是從哪裡取得的？內容都是些什麼呢？」

「我大致跟你說一下好了。」李小姐忽然好像提起了精神說：「曲美鈴平常都有做筆記的習慣，這裡都是她的筆記的影本，至於怎麼取得的，我不能夠告訴你們，只能說當然是很接近她的人才拿得到。重點是這些筆記的內容，這些筆記已經完全把曲美鈴的假面具拆穿了。她根本就不是什麼純情玉女，只要看過這些筆記，馬上就明白她是個什麼樣的貨色，她爲了金錢和權力，和什麼樣的人都可以上床，而且還可以同時和好幾個男人維持這種關係。」

聽到李小姐的說法，老練男子眞的嚇了一跳，他雖然對政治人物並不熟悉，但曲美鈴才剛在年初和另外一位赫赫有名的政壇明星——桃園縣長卓文亮情海生波，終於以分手收場。而在結束這段感情後，曲美鈴還重新振作，辭去卓文亮爲她安排的桃園縣新聞處長的職務，以無黨籍身份在台北縣參選立法委員，不但廣被各界看好，也是電台CALL IN節目的常客。如果這樣一個人物私生活竟然是這樣糜爛，而自己又能拿到眞憑實據，那麼……

「這下子在總編輯面前總算可以大聲說話了！」想到好不容易抓到一條超級大獨家，老練男子始終陰沈的臉終於也笑顏逐開，但嘴上卻依舊挑剔地說：「如果只有她的筆記，恐怕很難當作什麼證據，就算眞的是她寫的，只要她說是隨便寫著好玩的，也不能證明什麼。」

李小姐顯然是有備而來，她從一疊紙張中抽出一份文件，笑笑說：「你們可以對照這個行程表，這是她的助理幫她排的，總沒有人會用這種東西騙人的吧？何況，你們只要仔細看這些筆記，就可以發現都是有連貫性的，絕不可能是隨便寫寫的，如果這些東西都是美鈴寫著好玩的東西，那她豈非有妄想症？像這樣的人還能夠競選立法委員？還可以當新聞處長嗎？」李小姐順口說了「美鈴」這樣的稱謂，似乎顯示她和曲美鈴也是很熟的朋友。

「你看，這是她寫給周世茂的情書，你們可以去查一查周世茂是什麼人？看看他結婚了沒有？」李小姐說著說著，有些激動了起來，她又拿起一張紙說：「這裡寫著她半夜和朱復雄做愛，朱復雄就是她的助理兼司機，也一樣是結了婚的男人，她平常老是喜歡裝玉女、扮清純，可是卻專門喜歡搶別人的老公。」這時，李小姐臉上深惡痛絕的表情，就好像曲美鈴也搶了她的先生一樣。

爲了避免自己太過興奮而做出錯誤判斷，老練男子定了定神，開始仔細逐字觀看這些筆記，他越看越是驚訝，因爲筆記中不但明白寫下和一些政要、富商的金錢往來，更多的是曲美鈴和一些男人糾纏不清的戀情，其中不僅有情書，甚至還提到做愛、墮胎，以及曲美鈴對某些男人心碎失望的話語。

或許是看到老練男子興奮的神情，李小姐像是忽然做了重要決定一般，思索了一會兒，才又從手提包內取出一卷錄影帶，然後對兩名男子說：「如果你們覺得光有文字證據還不夠，我這裡還有錄影帶，裡面有一些曲美鈴和不同男人亂七八糟的畫面，你們只要拿回去看一看，就可以瞭解我所說的都是眞的。」

這時，另一位男子的手機忽然響起，他故意側過頭去接電話，跟著就站起身來，走到一旁繼續說著，李小姐好像覺得情形有點不對，就對老練男子說：「這些資料你們帶回去慢慢整理，相信有些東西你們也不能聽我的一面之詞，需要進行查證的工作，我過兩天會再用電話和你們聯絡。」話剛說完，李小姐就起身往盥洗室方向走過去，老練男子才剛想追上去繼續訪問，就看見她推開一扇門，從後巷離開了咖啡廳。

「趕快叫他們從後面繞過去拍！」老練男子催促著要另一名男子緊急用手機聯絡埋伏在外面的攝影人員；然而，李小姐像是早已防範到了這一招，等到攝影人員趕到後巷，她早已全無蹤影。

「沒辦法了，只有先回去再商量怎麼做吧！」雖然沒有拍到李小姐的樣貌，好在滿桌子的筆記資料與那卷神秘的錄影帶都沒有被帶走，老練男子搔了搔頭，只得收拾東西，付帳回到雜誌社再作打算。

＊＊＊＊＊

在雜誌社總編輯的小辦公室中，幾個人圍著電視，好奇地看著老練男子帶回來的那卷神秘錄影帶。畫面一出現，先是一段雜訊，跟著就明亮了起來，一對男女親密地在一間有著夾層的挑高客廳中聊著天，男的雖然身材修長、容貌英挺，卻令人相當陌生，在場沒有一個人認得出他是誰。但是那位女性卻勾起了大家的記憶：「好像真的是曲美鈴嘛！」「會嗎？我看有點不太像，臉部那麼模糊，一點都沒辦法確定。」「不會啦！你看那個側面的鏡頭，應該就是曲美鈴沒錯。」

在幾個人爭論聲中，畫面暫時中止，跟著又跳出另外一段影像，地點仍然是同一間客廳，那位同樣穿著一身白衣白褲的女性，卻和另外一位男士在聊著天。而同樣的，也是男士的面貌比較清晰，卻沒人認識這個人，女性還是有些模糊，也很難說就是曲美鈴本人。

「看來除非我們能夠潛進曲美鈴她家裡去拍，否則這個錄影帶根本沒有用。」一個人才剛剛說完，畫面忽然又停頓了一下，跟著跳到了一片漆黑當中，只聽見在類似天主教會讚美詩歌的音樂當中，夾雜著女性令人臉紅心跳的喘息與浪叫聲，而唯有螢幕右上方的一盞晦暗小燈，可以分辨出好像是有一男一女躺在床上，正在行周公之禮。這樣的畫面過了幾分鐘後，錄影帶倏然而止，所有內容到此結束。

「這樣的東西能夠證明什麼？」等了幾秒鐘後，總編輯說出了這樣類似結論的話：「我想，那位李小姐既然能夠給你這卷錄影帶，她那邊應該還有更完整的版本，你們這幾天一定要想辦法找到她，讓她提供更多的偷拍畫面，否則這樣的東西根本就不能刊登，我現在官司已經夠多了，你們是嫌我出庭出得不夠多嗎？」

在總編輯的指示下，雜誌社立刻規畫出幾組人馬，一組開始清查筆記中所提到的人、時、地、事、物，務必要找出所有事情的先後順序與相對應的事實，並且訪問所有被點名的當事人。另一組人馬則要負責找出並且跟監李小姐提到的周世茂與朱復雄兩個人，一定要拍到照片、做到專訪。最後一組人則要設法找到李小姐，並且查明她的眞實身份，還要設法取得完整的偷拍錄影帶，這個新聞才眞正可以稱得上是個超級大獨家。

＊＊＊＊＊＊

「那些筆記怎麼可能是我寫的？有那個人會笨到做這種事情？我想，這很明顯是有心人士故意利用這種方式來打擊我，目的應該就是爲了影響選情。」當雜誌社的記者找上了曲美鈴的時候，她用招牌的微笑與和藹的態度，輕描淡寫地點出了提供消息者的惡毒用心。

實際上，從研究所畢業決定投身新聞界，並因緣際會當選縣議員躋身政界開始，曲美鈴就一直注意到微笑是自己最好的武器：注重形象的她，隨時隨地不忘以微笑待人，即使在遭受旁人嚴厲指責，或是在CALL IN節目的激烈爭辯中，她也力圖維繫這個刻板的印象。當然，免不了有人會譏笑她做作，不過對絕大多數的人來說，這種古老的招數還是有它顚撲不破的效用，「台灣，是一個表演者演出來的世界。」這也是她儘管沒有什麼實際作爲，卻仍然留給社會大眾深刻印象的秘訣之一。只是，雖然笑容依然甜美，「美鈴」的慣性自稱也很容易讓人覺得她仍很年輕，但隨著年齡的逐漸老大，私底下稱呼她「曲姐」的人，確是越來越多了。

不過，當記者指出筆記上記載著曾經在今年二月份墮胎，並且爲此痛罵助理兼司機朱復雄，寫下：「你的親生骨肉還屍骨未寒，你就又和那個女人在一起。」的怨恨語句之時，曲美鈴卻顯得有些招架不住，招牌的微笑忽然凍結，反射式地主動說出：「我今年二月確實有墮過胎，但孩子是卓文亮的，我是因爲那個時候我們的感情已經變淡了，我不願意孩子出世沒有父親，所以才決定打掉他。至於筆記裡所說的根本就是刻意杜撰，我一直把朱復雄當作弟弟一樣看待，怎麼可能會和他發生這種事？」

話才剛說出口，曲美鈴就知道自己又做錯了，但既然已經說了，也只有硬著頭皮繼續下去：「我從來不認爲自己是什麼純情玉女，我只是一個很單純、很平凡的女孩子，和一般人沒有什麼不同，我有的時候也一樣會做錯事。但對於這些所謂的筆記，我絕對不會承認，因爲這裡面所說的事情，我完全都沒有做過，因爲筆記根本就不是我寫的。」

打發走了難纏的記者，曲美鈴獨自一個人坐在競選總部後方的休息室內，只覺得一陣涼意湧上心頭，讓她忍不住打起冷顫。「是誰？究竟是誰要害我？」雖然極力否認，但她心中十分清楚，記者所說的筆記內容，確實就是自己的親筆字。除非是非常接近她的人，否則絕對不可能拿得到。「這個人就在我的身邊，我絕對想得出這個人是誰？」想到這裡，她喝了杯熱茶讓自己平靜一下，跟著開始思考最有可能出賣她的人。

「是文亮嗎？他因爲覺得我利用了他，所以才會想報復？不太可能！文亮每天那麼忙，怎麼有空做這些事？而且這些筆記是放在我身邊的，他不可能那麼容易取得。」曲美鈴繼續想著：「是『林』嗎？『林』怪我沒有再理他，確實有可能做這種事，他的工作不就是專門幹這種事情的嗎？不過，我和『林』保持距離已經有一年多了，他應該不可能拿得到這些東西才對啊？」

她接著想：「是『陳姐』嗎？因爲我做了那件事，她對我不滿，才這樣陷害我嗎？以『陳姐』的頭腦與心機，她是有可能做出這種事情的，何況……何況她對文亮好像總是非常好，她做出這種事情來，是想要幫文亮和她一起報仇嗎？」

想著想著，曲美鈴覺得好像可以確定就是『陳姐』沒錯，但是「只憑『陳姐』一個人，到底能做到什麼地步呢？她是知道我很多私事，但她會有些什麼樣的證據呢？會不會還有人在幫她，我卻始終沒有想到呢？唉！都怪自己當初太過於相信她，以爲她是個老實人，現在我眞的不知道該怎麼辦了。」

想到這裡，曲美鈴不由得回想起和『陳姐』剛剛結識的情景。

那是在今年二月中的時候，曲美鈴和卓文亮的感情陷入低潮，兩個人的情緒都相當沮喪（其實眞實的情況是，曲美鈴爲朱復雄墮胎，朱復雄卻還和其他女人往來，讓曲美鈴相當難過。而卓文亮則是因爲明明知道自己結紮過，曲美鈴卻硬說孩子是他的，讓他氣憤難當卻又不便明言。），在卓文亮好友兼副縣長祝東光的建議下，兩人一起參與了心靈啓發課程，因而結識了課程中的講師陳冠玉「陳姐」。

表面上，祝東光是爲了讓兩人能夠藉著這個課程調整心境重新出發，甚至重修舊好，實際上曲美鈴的心中相當清楚，祝東光對她一直有成見，尤其從她上次向媒體說過卓文亮會動手打她之後，祝東光便一直在玩這種明勸和、暗勸離的勾當。而在曲美鈴心中也以爲，祝東光之所以會對她這麼不友善，主要原因還是因爲祝東光向來自命風流，而曲美鈴卻從來沒有主動向他示好有關。

「你不過是一個過氣的政客，靠文亮的庇蔭在這裡混一碗飯吃，我爲什麼要討好你？」對曲美鈴來說，從十年前的那一夜之後，男女間的性愛遊戲對她來說只有兩種意義，一種是追尋自己純粹的歡樂，另外一種則是作爲向上攀升的踏腳石。祝東光又老又醜，在政壇中又早已沒有影響力，自然對曲美鈴也毫無吸引力。

坦白說，就連卓文亮她也已經不看在眼內，除了卓文亮已經不可能再對她付出之外，也是因爲她看死了卓文亮爲人格局太小，這輩子仕途大概到此爲止，不太可能再有所發展了。只是因爲和卓文亮還維繫著「合作」的關係，才繼續和他虛與委蛇。

所以當時在直覺上，她本來不願意接受祝東光的安排，加入這個心靈啓發課程，可能是由於剛剛墮了胎，心理總難免有些感傷與罪惡感，加上這個心靈啓發課程很有些宗教的意味，而她從小對宗教方面的事物就有莫名的喜好，以致她雖然對祝東光感到嫌惡，還是聽從了他的建議。

這種相當特殊的心靈課程，使用的方法十分奇特，課程中除了部份形而上學的論證外，最多的活動就是如何靈活控制自己的情緒，在講師的引導下，學員們經常忽然大哭或是大笑，訓練的最後目的更是讓人能在前一分鐘還泣不成聲，後一分鐘卻又能夠拈花微笑。由於這種訓練對政治人物來說，簡直是妙用無窮，所以無論是介紹人祝東光自己，還是被引薦的曲美鈴與卓文亮，都深深喜愛上了這個課程，也在不知不覺中對指導他們的「陳姐」產生了強烈的信賴感。

曲美鈴一向的交友方式，總是會在雙方還不是那麼熟絡的時候，就主動讓對方知道自己的許多小秘密，這一方面讓人覺得她對自己很信賴，另一方面也表示她行事光明磊落，是個標準傻大姐的人物。而實際上，對於應該讓對方知道哪些事情，曲美鈴當然了然於胸，眞正不可告人的事情，她是絕對不會對人透露一個字的。

可是面對「陳姐」，曲美鈴卻漸漸發覺自己有些迷失了，她明明知道自己和這個剛認識的離婚婦人不應該牽扯太多，因爲自己幾乎對她一無所知，可是隨著心靈課程的逐步進展，曲美鈴卻不由自主地向「陳姐」剖白自己的一切，「這樣子實在太危險了，我一定要和她保持距離。」曲美鈴不只一次這樣告訴自己，可是每當「陳姐」邀她一起出去聊天遊玩，她總是無法斷然拒絕，尤其在進行交心課程的時候，她更是毫無抵抗地說出自己內心的眞正想法。「如果有一天『陳姐』出賣了我，她一定會是我這一生當中最可怕的敵人。」才剛認識「陳姐」兩個月，曲美鈴就已經有了這樣的覺悟。

心靈課程不斷在進行，卓文亮與曲美鈴兩個人也都覺得受益頗多，但無論他們「悟」到了多少眞理，卻對兩人感情的修復一點幫助也沒有。在縣政府中，曲美鈴仍然掛著新聞處長的職銜，可是她心裡十分清楚，無論在感情或是政務上，她都已經不是卓文亮的人了。卓文亮對她的逼迫，正在一步一步地逐漸加深，而爲了自己的將來發展，她也不能永遠受制於這樣一個男人。她決心一定要走出自己的道路，「我絕對不能爲了這件事被文亮壓制，我不要一輩子作他的附屬品。」

爲了脫離卓文亮，在感情上，她選擇了和許多其他的男人往還，用生理需求找回慰藉；在事業上，她積極部屬自己重出江湖，除了運用過往的關係爭取各方的協助外，她還積極拉攏「陳姐」作爲她的左右手，因爲：「我的秘密她實在知道得太多了，既然我暫時還沒有辦法脫離她，不如乾脆讓她也成爲利益共同體，讓她一起爲我賣命。何況文亮也很相信她，只要『陳姐』站在我這一邊，文亮絕對拿我們兩個人沒辦法。」

就這樣，曲美鈴利用職權，主動推薦「陳姐」到縣政府舉辦心靈課程活動，並且承諾在自己將來宣佈參選台北縣立法委員的時候，會向卓文亮推薦「陳姐」接替自己的職務。在「陳姐」表示缺乏地方給學生上課的時候，曲美鈴也相當大方地將家裡的鑰匙交給她，要她當作自己的家來使用。甚至，連自己的存摺與印鑑也交給「陳姐」保管，讓「陳姐」能夠直接介入她和卓文亮之間的財務往還。「『陳姐』經濟上的負擔很重，她應該會爲了這些好處幫助我吧？」

可惜，事情似乎沒有曲美鈴想像中這麼順利，不久以後她便發現，好多次她和其他男人出去，或是處理一些私人事務的時候，卓文亮卻總是一清二楚；而當她把要如何應付卓文亮的計畫告訴「陳姐」之後，卓文亮又好像總是事先知情，準備好了一套辦法對付她。剛開始她還認爲是卓文亮找人監視她的結果，但後來她幾乎可以肯定，那個在其間通風報信的人，應該就是自己最信賴的「陳姐」沒錯。

「我該怎麼對付她呢？」曲美鈴苦苦思索：「她知道的實在太多了，如果我就這麼斷然脫離她，難保她不會對我報復。而且她和文亮與祝東光之間的交情也不錯，如果他們三個人聯合起來對付我，那我又該怎麼辦？」

在新聞界與政界打滾了十多年，曲美鈴雖然瞭解了不少爾虞我詐的兩面手法，但卻稱不上有什麼精密的頭腦，對事務的決斷也往往憑藉著一時的「福至心靈」。在思索了幾天想不出妥善的對策之後，助理朱復雄忽然告訴她銀行裡的錢好像被「陳姐」領出去了一部份，曲美鈴忽然想到：「這不正是一個和她決裂的好機會嗎？至少文亮他們發覺『陳姐』

是個會監守自盜的人，對她就不會再那麼信賴，而對我們之間的事情，也就不會再放心交給她辦理了。」

就這樣，曲美鈴故意當著縣政府其他同仁的面前，憤怒質疑「陳姐」擅自提領她的私人存款，要求同仁立即向警方報案，並且表示不會再和她往來，家中的鑰匙與識別卡也要求「陳姐」立即歸還。可是在私底下，曲美鈴又開始猶豫了：「我這樣做會不會太過分？『陳姐』會不會一氣之下，將所有的事情都抖出來？」好不容易累積的決心又被恐懼動搖，最後她只好對警方說自己不打算提出告訴，而轉過頭來，又對「陳姐」說這是一場誤會，是因爲自己最近實在心力交瘁，才會做出這樣失態的舉動。爲了表示自己眞的是一時弄錯了，曲美鈴還是繼續和「陳姐」往來，雙方依舊維持著表面的姊妹關係。

「陳姐會相信我嗎？」曲美鈴捫心自問，覺得自己這次眞的做得太過兒戲，不僅提早洩漏了自己的圖謀，也無形中爲自己埋下了一顆定時炸彈。但事情既然已經做了，想挽回也太遲了。「只要我選上立委，這些對我來說都算不了什麼了。」曲美鈴這樣安慰自己。

然後，曲美鈴辭去了新聞處長的職務，宣佈參選本屆台北縣立委，而無論對卓文亮還是「陳姐」，她都開始採取漸進疏遠的態度，盡量用參選拜票忙碌、抽不開身的理由來婉拒對方的邀約。只有在萬不得已的時候，才和對方見面，順便觀察對方最近的態度。

不過，流言還是慢慢傳了出來，幾個好朋友陸續打電話來關心，順便告訴她坊間已經開始有關於她的不利謠言，甚至還傳說有一卷錄影帶，裡面有她和神秘男子的性愛畫面。她雖然總是微笑否認，但內心的憂慮卻日復一日的加深，因爲她瞭解，這些傳言很可能都是眞的，某些人的手中，也確實可能會握有關於她的不利證據。

現在，就在選舉前兩個月，曲美鈴擔心的事情終於爆發了，而且對她來說，記者的問話雖然讓她心驚膽戰，但畢竟傳聞中那卷攸關生死的錄影帶，並沒有被記者提出來質疑。她一方面又覺得自己有了暫時的安全感，一方面又猶疑不定，「我到底該怎麼辦呢？到了這個時候，還有誰能幫助我呢？」遲疑了一段時間後，她終於拿起電話，撥下了幾個只有她自己才知道的電話號碼。

＊＊＊＊＊

過了幾天，號稱全台灣最八卦的雜誌在經過一番訪談查證之後，終於弄清楚筆記中錯綜複雜的人物關係，並且進行了多項訪問，但卻始終找不到那位神秘的李小姐，就好像她已經憑空從空氣中消失了一般。在幾經思考與沙盤推演後，雜誌社總編輯決定保留錄影帶內容，等到適當時機再考慮進一步動作，而選擇將筆記內容整理妥當後先行推出。

就這樣，「曲姐的淫亂穢史」率先曝光，整個事件也脫離流言的繪聲繪影階段，正式進入媒體追奔挖掘、各顯神通的戰爭狀態。

第一章 偷拍

這天下午，一封沒有署名與寄件人地址的奇特包裹送到了這家媒體，總務小姐拆開來一看，發覺是一卷錄影帶，由於沒有指定收件人，就隨手交給一旁的記者。在好奇心的驅使下，幾名記者與工作人員一起觀賞這卷錄影帶，卻赫然發現，這就是那卷下落不明的偷拍錄影帶。

「我說過，美鈴只是一個平凡的女人，我並不希望大家把我看成一個清純玉女，我只希望大家能夠注意我的理念，而不是一味地在我的感情生活上做文章。」在現場CALL IN節目中，面對主持人尖銳的問題，曲美鈴還是刻意放慢速度，用鎮定而溫和的語調回答：「對雜誌社沒有經過確實的查證，就輕率地用聳動的標題報導，我保留我的法律追訴權利。而對所謂的淫亂生活，我可以誠實地回答，美鈴絕對不是那樣的人，那些筆記也絕對不是我寫的。」

在雜誌社以強烈的標題指控曲美鈴同時和許多男人有性關係，並且涉嫌利用身體換取金錢與權力後，大約一個星期之間，曲美鈴成爲各類CALL IN節目最受歡迎的特別來賓，而所有在筆記中被提及的關係人，也成爲媒體追逐訪問的焦點。然而，或許是缺乏進一步證據，而且所有當事人不是矢口否認就是保持緘默的緣故，新聞才熱鬧了幾天，又開始轉爲平淡。

對曲美鈴來說，這樣的結果其實早已在她的意料之中，出身新聞界的她，對台灣新聞界三分鐘熱度的心態瞭解得相當徹底。「只要沒有人承認，這幾張破紙又能證明些什麼？」曲美鈴的心中暗自得意，何況，爲了防止有些媒體記者搶新聞衝過了頭，她早已透過以往的關係，和幾位媒體界的重量級人物取得聯繫，也獲得他們絕對不會死纏爛打的保證。而她則以一貫的和藹可親與微笑，接待每一個登門造訪的記者，讓每個人都瞭解，曲美鈴絕對沒有做過這樣的事情，因爲她一點也不心虛。

最讓她感到憂心與難以掌控的，就是已經告別的舊愛卓文亮與那位令人捉摸不透的陳冠玉「陳姐」。比較起來，同樣要在年底面臨大選關頭的卓文亮，應該是比較不用擔心的人。「文亮畢竟也是政治人物，他應該知道在這個時候對媒體說我的壞話，對他自己一點好處也沒有。而且就算他說了些什麼，我們已經分手，只會徒然顯示他的小氣與無能，反倒更能凸顯我是個被害者。」

想到卓文亮的小氣，曲美鈴不禁又有些生氣；也許是因爲卓文亮和曲美鈴有著一段不算小的年齡差距，所以當兩人熱戀的那段期間，卓文亮對曲美鈴的「管束」幾乎就像是對待小孩子一樣。曲美鈴無論去哪裡，都必須向卓文亮報備，而就算卓文亮確定了曲美鈴的所在位置，也會一有空就打電話查勤，讓覺得自我比一切都重要的曲美鈴感到十分不耐煩，甚至有種被人輕視羞辱的感受。

當然，就算是曾經眞正愛過卓文亮的風度與文采，曲美鈴也不可能就這麼乖乖接受束縛，做一個隨時隨地「應召」的女人。於是，曲美鈴選擇了用說謊來應付卓文亮缺乏安全感的「騷擾」。謊話說多了，自然有被拆穿的時候，這時曲美鈴會選擇先假裝發一頓脾氣，然後再軟語相求，用這種忽冷忽熱的方式來維繫兩人日益脆弱的感情。

可是卓文亮也不是省油的燈，在還沒有遇上曲美鈴之前，卓文亮可是公認的感情老手，對付女人的手法也以狠辣聞名，儘管臨老再入花叢，所以對曲美鈴比較遷就，但也絕不會任她予取予求。在發覺曲美鈴確實有問題之後，卓文亮也開始更留心注意曲美鈴的一舉一動，終於在一次當場發現曲美鈴和朱復雄確實有不尋常的曖昧關係後，卓文亮忍不住動手打了曲美鈴，要不是爲了顧忌自己的公衆形象與和曲美鈴另外的「合作」，卓文亮絕對不會就這樣算了。然而，這樣還是強烈刺傷了曲美鈴的自尊心，以致從那時候開始，曲美鈴除了面對群眾的時候之外，再也不曾說過卓文亮一句好話。

現在，曲美鈴面臨了重大的難關，卓文亮卻仍然投鼠忌器，無法對媒體公開他對曲美鈴的眞實看法，想到了這一點，曲美鈴不由得又有了那種報復的快感，嘴角不自覺地的綻出了一絲笑意。不過，這種無聊的快樂只持續了幾秒鐘，接著就被另外的苦惱所打斷：「看到這樣子做扳不倒我，『陳姐』會不會有更進一步的行動？會不會將更多的秘密告訴媒體？」

對一般人來說，這樣的情況也許相當不可思議，因爲儘管曲美鈴和「陳姐」才剛剛因爲「盜領存款」事件交惡，但實際上兩人沒幾天又恢復了表面的友情；「陳姐」時常會打電話和曲美鈴聊天，談談雙方目前的境況，也會像以前在上課時那樣鼓勵她，提供她應付種種難題的妥善方法。而曲美鈴也可以和完全沒發生過任何事情一樣地向「陳姐」訴苦、請益，甚至就連自己現在和那幾個男人仍然維持著親密關係？有著如何的發展？也會多多少少向「陳姐」傾訴，請這位「心靈講師」提供解決的建議。

在曲美鈴來說，她之所以會採取這樣的態度，實在是不得已的，因爲她明知道「陳姐」除了對她的私生活瞭解很深之外，還掌握了一個關於她與卓文亮之間的大秘密；經過上次讓她懊悔不迭的一時衝動之後，她決定還是小心爲上，盡量延緩「陳姐」背叛她的時間，讓她有機會部署妥當，不會被牽連進去。而由於「陳姐」也不斷提到想要帶著兩個小孩移民求學，這也讓曲美鈴覺得只要不再刺激「陳姐」，或許就可以順利將這個「瘟神」送走。

而「陳姐」對她的態度也讓她忐忑不安，上次事件發生後，她硬著頭皮請求「陳姐」忘記這段不愉快之時，「陳姐」竟然毫不考慮地答應了，並且立刻毫無芥蒂地又重新以「姊妹」看待她。她很清楚「陳姐」絕對不是一個不會記仇的人，「陳姐」之所以會這樣做，唯一合理的解釋就是「陳姐」正在挖空心思報復她，只是時機尚未成熟，所以必須留在她身邊避免打草驚蛇，也可以就近監視她的一舉一動。

在這樣的心境下，曲美鈴每次和「陳姐」通電話，甚至「不得已」的碰面，都可以說是相當痛苦的，就連雜誌社報導曝光後，「陳姐」還主動打電話激勵安慰她，甚至還幫她出主意去查出誰才是幕後的主使者？聽在早已認定「陳姐」就是最有可能對媒體提供資料者的曲美鈴耳中，眞是顯得分外刺耳。而就算是這樣，她還必須向「陳姐」道謝，感激她的「義助」，這種挫敗感讓她從卓文亮身上得來的一點點勝利完全灰飛煙滅，絲毫也沒有存留下來。

好在，「曲姐淫亂穢史」報導刊出不久後，「陳姐」便因故暫時離開台灣，臨走前還告訴曲美鈴自己移民的計畫應該已經確定，可能在年底大選前後就會成行。這樣的訊息讓曲美鈴稍微鬆了一口氣，她心想：「現在一切都慢慢回到掌握中了，只要那卷不知道是眞是假的錄影帶不要再出來攪局，而我又能打贏這場選舉，那這個世界就會再度屬於我了。」

＊＊＊＊＊＊

一樣是咖啡廳內，只是這次換成了長安東路與建國北路口，那家雜誌媒體記者又焦急地等待著，和上次不同的是，這次出現的陌生人，卻是一位身材瘦削，背著一個看似攝影器材背袋的男子。

「我姓陳，我有一個關於曲美鈴的新聞要告訴你們。」這位男子方才在電話中，只告訴記者有「大新聞」要提供，由於媒體經常會遇到這類自以爲奇貨可居的人，所以這位記者只是基於好奇心才試著等待看看，並沒有期待有多好的素材可以報導。但是，聽到這位「陳先生」提到了曲美鈴的大名，記者職業性地提高了警覺，於是欲擒故縱地問他：「曲美鈴的事情之前很多媒體都已經追蹤報導過了，如果不是有進一步的確切資料，而只是傳聞或是聽說的方式的話，恐怕很難會引起讀者的興趣。」

「陳先生」搖了搖頭，信心滿滿地說：「只要你看過我帶來的東西，相信你一定會有興趣，到時候我們再來詳談。」兩人找張偏僻的桌子坐定後，這位對記者毛遂自薦的「陳先生」立即從隨身的背袋中取出一台V8攝影機，然後將攝影機拿給滿臉狐疑的記者，對他說：「我已經按了Play，你只要看個幾眼，就可以知道這是什麼東西了。」

媒體記者看著僅僅只有四吋左右的螢幕，先是看到了一陣雜訊，跟著畫面出現了，那是一男一女在床上春戲調情的鏡頭，「難道這就是傳聞中那卷曲美鈴的桃色錄影帶？」這名記者想起不久前在同業間的傳說，說是曲美鈴和卓文亮之外的人在家中發生性關係，被別人偷拍下來，而且某雜誌手中已經握有這項證物，只是因爲種種原因沒有報導出來。想到自已可能已經抓住了一條大獨家，這名記者當然更聚精會神地欣賞下去。

由於畫面很小，男女主角的臉龐都顯得有些模糊，但因爲這名記者先前也曾經採訪過這條新聞，所以很快就認出影片中的男主角，應該就是已經結婚，對這件事情完全否認，比曲美鈴還小上幾歲的電子新貴周世茂。「這個女人眞的就是曲美鈴嗎？」影片中女主角和男主角不斷翻騰移動，正在巫山雲雨，很難看清楚面貌，爲了證實是否就是鼎鼎大名的曲美鈴，這名記者也顧不得咖啡廳中還有其他顧客，盡量將攝影機的音量開大，想用聲音來辨別女主角的眞實身份。

「你好壞喔！剛剛我眞的差點就昏過去了！」聽到女主角嗲聲嗲氣地說出這樣狐媚的話，記者幾乎在第一時間，就認定了「這絕對是曲美鈴本人沒錯！」既然如此，更要仔細記下所有的影片細節。可是影片顯然經過剪接，中途跳過了好幾段，加上咖啡廳中音樂與談話聲音吵雜，這名記者能夠辨別出的談話與場景其實少得可憐，只知道兩人做愛的大致過程，還有錄影帶末段有和另一人做愛的黑暗模糊影像，其他則一無所知。

看完影片，「陳先生」將攝影機收回背袋中，然後開門見山地說：「我想你也知道這絕對是獨家新聞，而且一定會吸引讀者，我當初弄到這卷帶子也花了不少錢，所以只要你們願意出150萬，我就把母帶讓給你們。」

聽到「陳先生」開出這樣離譜的價錢，這名記者知道自己是絕對拿不到這卷帶子了，於是改變方向，想要探聽「陳先生」的眞實身份，以便抓住另一個「獨家」。不過，「陳先生」顯然相當機警，留下一句「你可以回去要你們老闆考慮看看，我會再打電話和你們聯絡。」之後，就逕自離開咖啡廳，留下滿腹疑團卻又心癢難搔的倒楣記者。

本來，對這名記者來說，這個事件到這裡大概已經告一段落，因爲他明白公司方面絕不可能出這麼多錢去買這樣一個可能會惹上麻煩的東西，所以就算這位「陳先生」再打電話來，也頂多只能再多問幾句，好讓日後其他同業刊登之後，有點尾隨追趕、假充內行的資料。可是，世事就是如此奇特，正當「陳先生」再也沒有打過電話，和那位「李小姐」一樣憑空消失，讓這家媒體已經認爲絕望的時候，一封包裹郵件又讓整件事出現了意想不到的大逆轉。

「陳先生」消失了兩個多星期，年底大選已經進入正式起跑的階段，這天下午，一封沒有署名與寄件人地址的奇特包裹送到了這家媒體的總務手上，總務小姐拆開來一看，發覺是一卷錄影帶，由於沒有指定收件人，就隨手交給一旁的記者。在好奇心的驅使下，幾名記者與工作人員一起觀賞這卷錄影帶，卻赫然發現，這就是那卷下落不明的曲美鈴性愛偷拍錄影帶。

其實嚴格地說，這卷錄影帶和上次看到的並不相同，首先，這卷帶子時間遠比先前那卷長，而且在曲美鈴與周世茂的那段過程相當連貫，比先前的帶子多出了好幾倍。但美中不足的是，後一段的摸黑做愛片段卻付之厥如，所以可以稱之爲「周世茂」版。當然，由於這次是用大螢幕的電視觀看，所以人人看得一清二楚，已經沒有什麼模糊空間。

這次，這家雜誌媒體詳細地將整個錄影帶的過程鉅細靡遺看過一遍，然後展開了討論；所有人都一致認定，錄影帶中的女主角應該就是曲美鈴，而男主角也確定是周世茂，這些都沒有什麼疑問。唯一的疑問就是，這卷錄影帶拍得這麼清楚，媒體簡直已經沒有閃躲的空間，這樣的新聞，究竟應該怎麼處理才不會把事情鬧大？

在舉棋不定之下，雜誌總編輯還是決定要記者先做完所有的採訪工作再說；記者於是先以電話和曲美鈴取得了聯繫：「曲處長，現在我們的手上握有一卷錄影帶，內容是一個很像妳以及元培原力科技負責人周世茂先生的性愛偷拍畫面，我們懷疑這是有人要惡意中傷，故意藉此影響妳的選情，所以我們希望妳能夠先看過這卷錄影帶，然後幫我們指出偽造或是不像妳本人的地方，讓我們幫妳做個澄清。」

在電話那頭的曲美鈴聽到這個消息，只覺得腦中一陣昏眩，「該來的終於還是來了。」早在兩個多星期以前，她便已經聽一些媒體朋友說過有人向媒體兜售這卷錄影帶，而且已經有幾家媒體看過了。經過了這一段時間，加上選舉活動的忙碌，她一方面沒有精神去好好處理這件事，另一方面也覺得這麼久都沒消息，應該只是媒體同業的吹牛八卦吧？可是，就在這個選舉最緊要的關頭，還是有媒體眞的取得了這卷帶子，找上門來要自己給他們一個說法。

她定了定神，盡量用和緩的語氣壓低內心的惶恐說：「其實這個事情我早就已經聽說過了，我也已經多次向媒體朋友們解釋過，我和周世茂先生根本不熟，絕不可能有什麼男女之情發生，而且現在選舉已經進入了最後衝刺的階段，我實在也沒有精神與時間再去管這些無聊的謠言了。」

「可是，曲處長，錄影帶裡面的女主角眞的長得和妳很相似，那位男主角也和周世茂先生很像，加上外面言之鑿鑿地說，偷拍的地點就是妳的家，請問妳難道不想做一些解釋或澄清嗎？」

「天下像我的女人很多，不能說長得像我就是我吧？」曲美鈴感覺到自己已經窮於應付，稍微提高了語調說：「我的家曾經遭過小偷侵入，相信很多人都知道我曾經報案，或許就是那個時候，有人趁機在我家裡做了什麼事情也不一定啊？」雖然還是提出了解釋，卻連曲美鈴自己也感到根本只是推託之詞。

爲了避免淪爲被動，曲美鈴搶先反問：「我知道你們的資料大概都是從一位女士那裡得來的吧？坦白說，我和那位女士有一點小誤會，所以她才會這樣做，我希望你們不要只是聽她的一面之詞，應該去考慮她的說詞中有很多的漏洞。」在招架無力下，她決定直接將

「陳姐」拉出檯面，乾脆明刀明槍地進行攻防，也省得老是敵暗我明，處於挨打的地步。

可惜，這位不知情的記者卻回答說錄影帶是不明人士寄來的，並且立刻追問：「曲處長，妳說的那位女士是誰？妳們之間是因爲什麼樣的糾紛才會引起誤會？妳覺得這件事的幕後主使者就是這位女士嗎？」

第一次的主動出擊就打在一團空氣上，一時之間，曲美鈴顯得有點狼狽，難得一見地支支吾吾地說：「沒……沒有，我只是在懷疑，既然和你們聯絡的是別人，那大概是我搞錯了，我只是亂猜的。」

經過了這樣的失誤後，曲美鈴對回答問題顯得更加小心，對這名記者屢次要求面對面採訪並且一同觀看錄影帶，也採取迂迴的閃避策略，最後在雙方約定繼續以電話聯繫後，草草結束了這段訪問。

考慮到曲美鈴明顯地不願意再接受採訪，爲了完成任務，這名記者只得一大早就直接趕到曲美鈴競選總部門口，對接待人員遞上名片，要求要和曲美鈴會面。接待人員接過名片，請記者稍坐後，跟著便進到競選總部後方的隔間裡請示。過了一會兒，這位女性接待人員神色有些異樣地走了出來，告訴記者候選人一方面身體不舒服，而且行程排得相當緊湊，恐怕沒有時間接受記者訪問，希望記者先行離去，日後再另外安排時間。這名記者原還想在競選總部中守株待兔、死皮賴臉地等到曲美鈴現身，可是接待人員多次露出「望君早歸」的明顯語氣，這名記者只好離開競選總部，在附近找好位置、伺機而動。

從中午一直等到傍晚，曲美鈴始終不見影蹤，期間雖然雙方通了幾次電話，曲美鈴態度雖然溫和，卻堅決表示沒有時間碰面，在對方不斷勸說之後，甚至還挑明了告訴這名記者：「我知道沒有我的同意，你們也沒辦法刊登。」後來在發覺這名記者還是不肯離去之後，還忽然轉變態度說：「我剛剛和你們總編輯通過電話，你們總編輯也很體諒我，所以這個採訪可以過一陣子再說，謝謝你！」這名記者詫異之餘，當然打電話回去詢問，結果是根本沒有這回事，電話是確實有，但總編輯說的卻是希望還是能夠做到曲美鈴的專訪，希望她盡量配合。

不管怎麼說，這個訪問眼看是做不成了，在苦無他法的情況下，這名記者只好啓程返回。說也奇怪，眞是無巧不成書，在這名記者走到一半的時候，竟然發覺曲美鈴正帶領義工們在路口向過往的路人拜票。等了整整一天，他自然快步上前，曲美鈴顯然以爲他也是路人，微笑地向他握手，他也興奮地對曲美鈴伸出手來，跟著自我介紹：「曲處長，我是×××，我正要回去，眞巧就在這裡碰見妳。」

對曲美鈴而言，這個看來衣著邋遢的窮酸記者，現在看來簡直就像一隻討命的魔鬼，「我怎麼會這麼倒楣，就連這樣也會被他撞見。」早在上午聽到競選總部的工作人員通報外面來了記者，她就知道情形不妙，「要是他當著所有義工的面前放起那卷錄影帶，我還有什麼臉在台北縣競選？我以後還要怎麼做人？」所以她要工作人員趕快將記者打發掉，並且要注意絕對不能讓他們在裡面鬧事。

聽到工作人員回報記者已經離去，曲美鈴暫時鬆了一口氣，想著繼續未完的拜票行程，但卻又有人發覺記者仍在競選總部對面陰魂不散，使她又裹足不前，一直等到朱復雄建議用了疑兵之際，幾輛宣傳車先後開出，才躲過了記者的追蹤，得以稍稍安心。

沒想到就在以爲記者已經死心回去的時刻，卻又這麼冤家路窄地碰上了，時序雖然已經進入年尾，但天氣仍然暖和，可是曲美鈴這時被記者握住的手，卻一片冰涼。在不知如何是好的情況下，曲美鈴急忙抽離微顫的手，也不管這名記者還在喋喋不休地說著客套話，忽然以超過135度的誇張角度向記者連續鞠了兩、三個躬，跟著側身繞過他，又向後握住正在準備拍照的攝影記者的手，來了同樣誇張的鞠躬。這樣的動作結束之後，曲美鈴一言不發地回到原來的位置，繼續保持著微笑，對著路人揮手致意。

兩名記者對這種突兀的禮節相當錯愕，但看到曲美鈴雖然面帶微笑，卻臉色發青、淚眼盈眶，在風中搖搖欲墜的模樣，心中忽然閃過一絲不忍：「算了！拍幾張照片就回去好了！」而看到兩人終於坐上車離開，曲美鈴這才發現自己頭昏目眩，幾乎就要當場昏倒了。

＊＊＊＊＊

在另一邊，記者也找上了元培原力科技公司的辦公室，想要直接和男主角周世茂當面採訪，並且讓他親眼看看錄影帶。可是，幾天前還在正常辦公的元培原力科技公司，忽然之間就人去樓空，只剩下幾張尚未清運完畢的桌椅，就連警衛也不知道這家公司搬往何處？

而無論是周世茂的手機、家用電話，甚至車用行動電話，都是關機狀態，似乎周世茂已經事先得到消息，徹底的避開了媒體的追蹤。

＊＊＊＊＊

「你們如果就這麼原原本本，一字不漏地照著錄影帶的內容刊登，我敢保證你們一定會出事。」在媒體的法律顧問辦公室中，總編輯與法律顧問正在研究刊登「曲姐偷拍性愛錄影帶」的後果。年紀已經一大把的法律顧問斬釘截鐵地說：「別的不提，光是違反『選罷法』意圖使人當選或不當選這一條，就夠你們受的了。加上拍攝的地點是在她家中，『侵入住宅』這一條自然也跑不掉。這個錄影帶如果眞的是偷拍的，那麼『妨害秘密』罪就可能成立，而假使你們完全把錄影帶中的暴露鏡頭刊登出來，就算新聞局不處罰，當事人也仍然有可能會控告你們『妨害名譽』。」

總編輯聽到法律顧問的分析，皺了皺眉頭說：「照顧問這麼說，這條新聞我們根本只能放棄，連碰都不能碰一下了？」

法律顧問笑著說：「當然也不是這樣的，法律有一定的規定，我們只要不去碰觸那些比較硬的地方，也一樣可以把新聞作得很精彩。比如說，只要我們不要肯定說女主角就是曲美鈴，盡量選穿衣服的畫面刊登，甚至還幫她澄清，說錄影帶可能是僞造的，這樣就可以躲開『妨害名譽』這一條。而既然錄影帶是設計僞造的，『妨害秘密』自然也就不能成立了。」

「錄影帶是僞造的，自然比較有可能的地點是一般的賓館，而不會是曲美鈴的住家，所以只要我們避開關於客廳部份的內容，堅持說這是在賓館中拍攝的，『侵入住宅』這條罪狀也就找不到我們身上。」法律顧問笑得有些老奸巨猾：「最重要的，就是絕對不能在選前刊登這條新聞，因爲違反『選罷法』可是主動偵辦的，如果我們在選前刊登，就算曲美鈴不告我們，選委會也有權利對我們提出告訴。」

聽到了法律顧問的客觀分析，總編輯陷入了兩難之中，對一個新聞從業者來說，搶獨家新聞乃是天經地義的職責，尤其是這樣一個千載難逢的好機會，更是許多記者一生可能都碰不上的，要就這麼放棄，實在有點可惜。但對社方而言，爲了一、兩期創造銷售佳績，卻惹來糾纏不清的麻煩與官司，怎麼算也都是划不來的事情。何況，只要一有官司，帶頭的總編輯可是絕對跑不掉的被告之一。

要說把新聞留到大選過後再報，卻苦於錄影帶的原版母帶根本就不知道在誰的手上？也不知道究竟還有多少家媒體已經獲得了同樣的東西？搞不好今天還是超級獨家，明天就變成了後知後覺，反倒被同業訕笑，那樣豈非陰溝裡翻船？一世英名毀於一旦？

在總編輯大傷腦筋之際，還有一些煩人的事情接踵而來，一位媒體界大亨由於和曲美鈴私交不錯，在得知消息之後希望能以廣告贊助的方式讓社方打消報導的念頭，條件是要簽下合約，保證至少一年內不會外流。可是總編輯根本無法承諾對方錄影帶絕對不會外流出去，到最後只好不了了之。而沒過多久，又有一位和曲美鈴有交情的重量級立委前來關說，人情的壓力漸漸將總編輯逼向了暫停刊登的一邊。

幸虧沒過幾天，就傳出香港方面有媒體已經取得了錄影帶的內容，準備在近期內刊載，而國內的幾家電視媒體也陸續接到錄影帶或是光碟，只是大家誰也不願意當先鋒打頭陣，因爲誰也不知道後果將會如何？於是媒體們雖然誰也沒有約好，卻都不約而同地選擇了觀望的態度，沒有一家打算在選前刊登。就這樣，總編輯的困擾迎刃而解，準備選舉之後再來拼個輸贏。

*****

雖然極力想要將票數衝高，以便當選立委，創造個人政治生命的新高峰；但在欲振乏力的情況下，曲姐終於還是以不令人意外的中等票數落選。而她也知道，這次的落選不比以往，她將面臨到社會大眾極端嚴酷的人格考驗。

選舉過後才數天，香港媒體率先以圖文刊出了錄影帶的內容，但以香港的標準來說，報導的方式還算含蓄。緊接著，台灣媒體也積極跟進，平面媒體搶先發難，電視與電子媒體也躍躍欲試；只是大家都不明白這樣的新聞尺度究竟應該訂在何處，所以沒有一家電視台敢於播放錄影帶的眞實內容，頂多只是以旁白的方式敘述一下。而由於曲美鈴在選後的刻意低調迴避媒體，在缺乏畫面又沒有當事人說法的情況下，新聞還無法沸騰，只是處在暗潮洶湧的盤整階段。

本來，對於這卷錄影帶，擁有的各家媒體都視爲高度機密，絕對不容許有外洩的情況發生。然而，再嚴密的防衛系統，也有疏漏的一天。一家平面媒體爲了擷取畫面的清晰度，將錄影帶轉拷成爲光碟模式應用，結果電腦中留存的檔案忘記除去，部份同仁就利用這些檔案重新複製光碟，帶回家中留念，「曲姐性愛光碟」流入市面的濫觴，也就從這裡揭開了序幕。

「你想不想看『曲姐性愛光碟』?保證是一刀未剪的完整版喔!這是我們獨家取得的，別家絕對不會比我們更完整。」小郭經常跑立法院，和許多立法委員的助理都有相當深厚的交情，這天，小郭興沖沖地跑到立法院，故做神秘地和一位資深助理劉大哥聊天，沒幾句話就談到了近日最熱門的性愛光碟上頭。小郭說著說著，從口袋裡就掏出一套兩片光碟，故意在劉大哥面前炫耀，劉大哥也不多說，抓起光碟就說：「我現在就Copy，弄完立刻就還給你。」

小郭一開始還堅持說這是他們的獨家，要是外流他們會被上頭罵死，但在劉大哥指天誓日保證絕對不會借給別人，純粹只是私人觀賞的情況下，小郭也只好睜一隻眼、閉一隻眼地說：「好啦!好啦！但是你絕對不能說是我借給你的喔！」當下劉大哥就將光碟帶入研究室中拷貝起來，這一拷貝，隨即又引起其他助理的好奇心，當然紛紛要求自己也要有一張「私人珍藏」。

就這樣一傳十、十傳百，不到三天，很快地不僅立法院助理、跑立院的記者人手一張，就連兩百多位立法委員中，也至少有半數以上看過這一套光碟，然後由立法院而經濟部，經濟部傳財政部，財政部又傳法務部，結果中華民國的高層部會，全部都是「曲姐性愛光碟」的集散地，就連國家元首坐鎮的總統府內，也都可以見到它的蹤影。

*****

「我們眞是太丟臉了，身爲國內最大的八開雜誌之一，居然到現在才拿到這張『性愛光碟』。」在另一家向來以辛辣與灑狗血報導聞名的雜誌社內，記者與編輯們一個個垂頭喪氣，聽著個頭不高，卻表情凶悍的社長特別助理在高聲痛罵：「別的平面媒體聽說一個月以前就已經拿到了這個資料，我們卻到別人都已經看到爛掉之後，才好不容易拷貝到一份，人家的報導一個星期前就已經做光了，現在我們還有什麼東西可以做？」特別助理忍不住激動地揮舞著拳頭，氣憤地叫著：「怎麼辦？你們告訴我怎麼辦啊？這麼多的記者，裡頭好幾個都是資深的老人了，卻要等到立法院裡最菜鳥的記者都已經看過好幾個版本了，你們才剛剛知道這個消息，你們自己說，現在我們該怎麼辦？」

其實特別助理會這麼生氣，除了消息確實比別家晚了一大步之外，最重要的還是因爲近年來經濟不景氣，加上新興競爭對手的強勢運作，導致雜誌的廣告量逐步下滑，銷售數字也屢創新低，社內早已由盈轉虧，甚至到了一個月前，整個雜誌只剩下大約三百萬左右的資金可供消耗。在這個雜誌社度小月的階段，記者們不思振作，努力發掘獨家內幕新聞刺激銷售，反倒一個個好似木頭人一樣後知後覺，自然令他大爲光火。

而另外一個他不便說出，但在社內卻其實人人心裡都明白的「隱憂」就是，今年初爲了幫社內改運，曾經請著名的玄學師父曉機大師親自前來看過風水，曉機大師鐵口直斷：「貴社的運道大概就到今年底爲止，到了明年就一片漆黑，請恕老朽眼拙，實在是看不出來了。」雖然他說看不出來，每個人卻都知道，他的意思就是雜誌社的好運就到今年爲止，從明年開始就會厄運連連，甚至就此一蹶不振。

在往年風生水起的時候，年紀還不算老的特別助理也還不會將風水這種事情看在眼裡，但是近來雜誌社的運氣實在欠佳，不是看好的頭條新聞卻賣座奇慘，就是廣告好不容易進來了卻又被跳票倒帳，不管用盡什麼辦法，就是沒法子扭轉局面，他思前想後，再看看滿桌像是鬥敗了的公雞的同仁，忽然下定了決心：「我看，要彌補這個錯誤，我們只有下猛藥了。」

到底什麼是他的猛藥呢？特別助理眼睛裡閃爍著光芒，沈聲說：「現在手上有光碟的媒體很多，但是絕大多數的媒體還是在觀望，不願意冒險大作。而幾個已經搶先刊登的媒體，也都是用傳統的圖片配上文字的作法，如果我們也是這樣做，那麼拾人牙慧、全無創意，這期肯定又會賣得很不理想。」

他興奮地接著說：「我認為唯一能夠吸引讀者的方法，就是與眾不同的方法，什麼是與眾不同的方法呢？就是我們乾脆直接隨書附贈光碟，讓讀者能夠親自看到曲美鈴的做愛畫面，證實我們確實握有證據，而不是像其他媒體那樣閃閃躲躲。」

聽到特別助理的建議，許多人都當場嚇了一跳，「這個……這樣子做恐怕很危險吧？恐怕有觸犯法令的疑慮。」一位資深的老記者首先表達了他的顧慮，特別助理立刻回應：「我們是新聞媒體，有報導新聞的自由與義務，而讀者也有他們知的權力。曲美鈴既然是一個公眾人物，就應該攤在陽光下接受社會大眾的批判，她既然敢亂搞男女關係、勾引有婦之夫，就應該受到媒體的譴責。我們只要掌握了這個基調，就不必怕任何假道學的攻擊。」

「那……?光碟內容要怎麼處理?那裡面有那麼多性愛鏡頭，簡直就和A片沒有兩樣，總不能全部馬賽克吧?。」遲疑了一會兒，另一個疑問又被提了出來。「這是新聞資料，不是性愛影片，新聞資料必須完整呈獻給讀者，所以我認爲根本不要做任何處理，就按照原版的樣子直接附贈。不過，書內的圖片在重要部位必須做適當處理，讀者有光碟可以看，也就不會在乎書內的圖片了。」

特別助理的說法雖然讓每個人都覺得很不妥當，但如果要正面反駁，卻又覺得他好像言之成理，正當大家在猶豫的時候，特別助理又以鼓舞的語氣說:「我們雜誌向來就是以能人所不能、敢人所不敢，才在八開雜誌界豎立了獨特的風格，並且獲得了成功，現在正是我們突破台灣傳統八開雜誌巢臼的時刻，我們一定要放膽去做，才能夠挑戰極限，打敗我們的對手。」

就這樣，在沒有人提出異議，也沒有人附議的情況下，這家雜誌決定了隨書附贈「曲姐性愛光碟」的破記錄出書計畫。只是爲了節省成本，他們選擇了只附贈有做愛畫面的第一片光碟，而且只有零售才有附贈，訂戶必須另外繳交一百元「工本費」，才能和零買者享有同樣的權益。據特別助理解釋說，這是為了顧及家中有未成年子女的訂戶而特別制訂的規則。

不管特別助理的理論是否站得住腳，反正這家雜誌社就是這樣幹了，星期一出書當天，果然造成了空前的轟動，市場上立刻搶購一空。但是這種激烈的作法也引起了新聞局與檢方的重視，終於連中華民國政府，也被捲入了曲姐所製造出來的風波當中。

第三章 黑手

「我已經死了！」

在躲避媒體數天後，曲美鈴忽然透過友人召開了記者會，第一句就說出了這樣令人驚訝的話，儘管許多和她熟識的媒體，都相信自殺絕對不會是曲美鈴會考慮的事情，但這樣的話一說出，還是令不少人嚇了一跳。

「局長，請問隨書附贈性愛光碟的方式是合法的嗎？新聞局有沒有打算對這家雜誌社採取什麼樣的行動？」當「曲姐性愛光碟」隨著雜誌正式在市面上推出之後，除了銷售反應相當熱烈，也引起了諸多電子媒體的注意，除了試圖找到曲美鈴本人出面發表看法之外，也有人找上了新聞局長，希望他能表示一點意見。可惜，新聞局長顯然弄不清記者的詢問究竟是單純的採訪？還是預先設好，準備扣他「違反新聞自由」帽子的陷阱？所以他顯得分外小心謹愼，只回答：「還要研究相關法令與報導內容才能決定。」就匆匆閃避了媒體的追逐。

在另一邊，面對許多媒體同業的質疑，這家大膽的雜誌社索性一不做二不休，乾脆開起了記者招待會，由社長和特別助理親自主持，當記者詢問他們難道不怕這樣會遭受新聞局的處罰以及曲美鈴的控告之時，這位有著一副「傻膽」的社長還貌似鎭定地說：「我們社方的立場非常明確，那就是我們認爲這是一個新聞事件，作爲一個正直的新聞媒體，我們有義務要將事實的眞相還原，讓讀者能夠有最客觀的判斷空間，基於這些原因，我們才會決定以附贈光碟的方式來處理這篇報導。」

爲了強化自己的論點，面對衆多現場連線的媒體，這位女社長還接著說：「美鈴和我們私交相當好，平日我們都處得不錯，但是因爲這是一個新聞事件，所以我們必須以公正客觀的方式來處理，絕對不能因爲私人感情的因素而扭曲事實眞相。所以儘管要對美鈴說聲抱歉，但我們還是強調，我們認爲光碟中的女主角就是曲美鈴，也希望美鈴能夠挺身而出，公開對社會大衆說明眞相，盡到自己身爲公衆人物的義務。」說到最後或許是這位女社長自己也覺得有點強詞奪理吧？許多記者發覺她的臉好像有些發紅，整個態度也變得扭扭揑揑，顯得相當不自在。

而在連線的另一頭，曲美鈴也正一言不發地和朱復雄一起看著電視，朱復雄手中拿著剛買回來的雜誌與光碟，正在細細地翻看，過了一會兒發覺曲美鈴似乎沒有動靜，抬頭一望，卻看到曲美鈴目不轉睛地注視著電視上女社長的侃侃而談，兩行清淚已經悄悄地劃過了蒼白的臉頰。

「難道眞是因爲『陳姐』和媒體對我的造謠中傷才讓我沒法選上的嗎？」曲美鈴想了想，

自己也搖搖頭，儘管遭受殘酷的打擊，她卻沒有喪失任何理智，她明白，在台灣這種笑貧不笑娼的社會當中，這種事情或許稍有影響，但絕不是決定成敗的關鍵。「我之所以會失敗，實在是因爲過去這幾年，我走錯了太多的路子。」

她想起當年初出茅廬，在別人的慫恿下投入縣議員的選舉，在選民對她根本毫不熟悉的情況下，搭上當時民意急需新人改革的順風車順利進入議會；接著她揭發弊案，將矛頭直指向一位遠比她資深且聲名遠播的政治人物，結果一戰成名，雖然代價是讓她這些年來官司纏身，卻也讓曲美鈴這三個字變得異常響亮，跳出地方，成爲全國性的知名人物。

然而，成功來得太快，使她一時之間被沖昏了頭，她只知道積極向上攀升，不惜用盡一切手段，甚至連利用肉體交換利益也在所不惜，因爲在她永遠也不覺得那是「交換」或「交易」，她認爲自己只是在找尋快樂，如果在享受歡愉之際，還能爲自己帶來利益，那又何樂而不爲呢？

越來越自以爲是的心態，讓她看似精明，其實越來越像傻瓜，第一次想要競選立委，就因爲被人抓到賄選的證據，不得不黯然退出，失意後想要抓住卓文亮這根稻草，卻不但沒有獲得東山再起的機會，反倒賠上了自己的玉女形象。信任「陳姐」結果被「陳姐」出賣，信任朱復雄，朱復雄卻還是和其他女人暗通款曲，就連當初協助她揭發弊案的雜誌社，現在也回過頭來反咬一口，用踐踏她來換取自己的利益。

「這些都已經過去了，現在後悔也沒有用，美鈴啊，美鈴！現在妳絕對不能被打垮，絕不能讓他們看妳的笑話。」她這麼告訴自己，關上電視，打發朱復雄先離開，曲美鈴開始靜靜思索自己究竟應該怎麼做。

雖然因爲喜歡寫筆記的習性，讓她幾乎身敗名裂，但到了潛心思索的時候，她又慣性地拿起筆來在紙上寫下了關鍵的人物姓名與重點提示，她第一個寫下的名字，就是：「周世茂」。在遲疑了幾秒鐘後，她便在後面加上「不可能有他」這幾個字。

其實，曲美鈴不僅早已認定「陳姐」就是在暗中推動中傷她的黑手，也已經確定了偷拍錄影帶就是由她那邊流出去的。原來早在媒體剛剛接到偷拍錄影帶或光碟的時候，就有曲美鈴熟識的記者向她通風報訊，告訴她有人在散佈這卷帶子；當時她根據記者的描述，已經懷疑這個人就是「陳姐」，等到她和「陳姐」都認識的記者向她坦白，錄影帶就是「陳姐」提供的之後，她已經明確地知道自己要對付的是什麼人。

「陳姐」誠然是令她惶恐的可怕對手，但她始終覺得，光憑「陳姐」一個帶著兩個孩子的單親媽媽，應該不可能這樣神通廣大，也不見得會有這麼大的膽子，幕後應該另外有高人指點，甚至有強大的靠山，才可能帶給她這樣有計畫且完整的打擊。

但是環顧自己周遭所曾經接觸的人們當中，又有誰必須將自己置諸於死地呢？看到光碟中周世茂幾次向鏡頭方向望去的畫面，確實也讓她起了短暫的疑心，但很快就確定周世茂應該不可能是犯人。「如果眞是他拍的，他應該盡量避免讓自己曝光才對，而就算是他拍的好了，也應該只會私下向我勒索，不可能公諸於世，這對他自己也沒好處。何況，他根本沒去過我家幾次，每次我也都在場，他那有時間去裝那些偷拍儀器呢？」

否決掉周世茂的可能性後，第二個被她寫下的名字，竟然是剛剛才離開的朱復雄。「他是有可能會出賣我的人。」在曲美鈴心中，朱復雄是讓她愛恨交織的男人，她明知道朱復雄對她是虛情假意，但爲了缺乏安全感與性愛的歡愉，她又不得不讓這個男人在她的生命中徘徊。「是不是他和『陳姐』合作，共謀算計我呢？」她想了想，又覺得可能性不大，因爲朱復雄在經濟上還仰賴於她，除非有巨大的利益，否則犧牲掉自己對他沒有好處反有壞處，再說，朱復雄對她應該沒有這麼強烈的恨意，「他最多只可能是利益結構的共犯，絕對不會是主謀。」在朱復雄的名字後面，她寫下了「存疑」兩個字。

第三個讓她思索的人，則是卓文亮；「在這麼多男人當中，他應該是最恨我的人之一，但是他當時應該還會把政治生命放在第一位，會爲了對我的恨意去做這種損人不利己的事情嗎？」想到這裡，她的筆停頓了下來，一時之間顯得難以決斷。

卓文亮和她一樣，在這次大選中連任失利，失去了縣長的寶座，而由於在選戰後期競爭對手拿曲美鈴對媒體說卓文亮曾經打過她的事情大作文章，所以她相信卓文亮現在應該是更加憤恨她了。「要做這樣的事情，除了要有實力，還要有錢，文亮的政商關係不錯，但卻是個比我還要窮的人，就算他指使『陳姐』來對付我，他應該也沒有這麼多錢可以供應給她。」對於「陳姐」和卓文亮的財務狀況，曲美鈴都相當清楚，所以她覺得自己懷疑的心有點動搖。但她隨即想到，許多媒體都不約而同地說有人想要販賣光碟或錄影帶，「或許他們就是因爲沒有錢負擔這項任務，所以才會想要靠出售偷拍錄影帶來補貼。」於是，卓文亮的名字被她圈了起來，還特地將祝東光的名字連在後面，以示這可能是共犯結構。

接下來，她又想起了許多人的名字，但不是已經許久沒見面，就是平日並沒有那麼熟絡，應該和這個事件沒有太大關係。正在沈吟之間，她忽然想起了一個差點遺忘的名字，「是『林』嗎？我怎麼會把這個人忘記了呢？他正是有可能做這種事情的人啊！」曲美鈴敲了敲自己的腦袋，像是譴責自己的健忘與愚蠢。

從她寫下的名字可以看到，這個人名叫：「林建群」，身份是警政署的高級官員，這個人曾經也是曲美鈴的入幕之賓，但後來曲美鈴嫌他不僅沒有爲自己帶來什麼幫助，在床上的技巧也乏善可陳，更不是自己欣賞的高大修長的帥哥型人物，所以就和他漸行漸遠，疏遠到幾乎變成點頭之交的地步。曲美鈴後來也曾聽說過這個人對自己不滿，經常向別人說她的壞話，而恰巧他又認識「陳姐」，這種種條件都指向他也可能是「陳姐」尋求支援的對象。自然，他的名字也被劃上了圈圈，還被打上了星號，表示他是值得密切注意的人物。

將身邊可能的疑犯釐清整理之後，曲美鈴開始思考自己應該怎樣進行下一步動作，還有整個局勢未來將會如何發展？「這個不要臉的雜誌社鬧得這麼大，就算相關單位不出面處理，至少社會輿論也一定會譴責他們吧？」憑著自己對媒體的瞭解，曲美鈴想著：「這幾天一定會有很多節目找我出面，很多人應該也會想要去挖掘究竟是誰偷拍了這卷錄影帶，又是誰在四處散播？我如果太快出面，或是自己把『陳姐』說出來，事情一下子水落石出，媒體與社會很快就會沒有興趣了。」

她又將紛亂的思緒整理了一下，忽然又是「福至心靈」，她的心中已經有了明確的答案，於是她起身挑選了幾件看來不起眼，而且和她平日習慣穿著截然相反的黑色衣物，然後悄悄溜出門去，直接來到很久以前就和母親離異的父親家中躲藏。

＊＊＊＊＊

「這件事情實在是鬧得太不像話了，人民現在對政府早就諸多挑剔，如果我們現在還不出面制止雜誌社的離譜行爲，我怕人民會從此對政府失去信心。」在不對媒體公開的秘密會議中，幾位高級官員與檢調人員正在進行會議，商討應該如何面對這次的性愛光碟事件，在一位高級首長提出意見後，一位官員說：「怕只怕我們一出面進行干預，那些喜歡惹是生非的媒體又會一窩蜂地亂罵我們是妨害新聞自由，弄不好還轉過頭來把我們修理一頓呢！」

「不會的，我認爲這次媒體應該也會站在我們這邊。」熟習媒體事務的官員開口了：「這次雜誌社用這種方式搶新聞，讓那些手上早就有這張光碟，卻不知道怎麼處理的媒體吃了悶虧，這一定會讓他們心生不滿，勢必利用這次機會來打落水狗。而且媒體平常自己的行爲雖然不怎麼樣，卻老是喜歡把自己捧得像是社會良心一樣，所以我相信這家雜誌社這次一定會被整得很慘。」

「那在你看來應該怎麼做呢？」「我覺得應該檢調與新聞局這邊雙管齊下，採取大動作出擊，讓人民見識一下我們掃除犯罪的決心，也讓新聞媒體知道我們不是軟腳蝦，以後要隨便亂來的時候，就會先想清楚了。」

就這樣，檢調單位傾巢而出，簽分十個檢察官到全省各地查禁這家雜誌社販賣光碟的行動，而新聞局也對雜誌社做出制裁，引起雜誌社方面激烈抗爭，雙方大鬧了一場。這樣的鬧劇果然更吸引了好奇群衆的目光，雜誌一時洛陽紙貴，在市場上從原先的99元一本炒作到300元、甚至500元一本。而「完整版」的光碟更有人叫價到上千元，無論是議員、警察、藝人、學生，甚至販夫走卒，幾乎人人都在搶購，就連尊貴的第一夫人，傳說也透過管道要人幫忙「弄一張光碟來看看」，可以說欣賞「曲姐性愛光碟」已經變成了台灣的全民運動了。

這種盛況空前的景況，在無形中也成爲雜誌社自認有理的藉口，以致就算檢察官下令查封光碟，這家雜誌社的態度還頗爲強硬，不僅強調要捍衛新聞自由，還揚言要繼續加印發行光碟，和新聞局對抗到底，但最後還是在社會輿論的強大壓力下，雜誌社的態度開始軟化，並表示願意和新聞局合作。

更異常的是，檢調單位更以「妨害秘密」爲公訴罪的理由，主動到疑似拍攝現場的曲美鈴宅第做現場勘察，收集可能出入現場的疑犯證據，而曲美鈴也抓準了這個「民氣可用」的情況，做爲自己「復出」的最佳時機。

*****

「我已經死了！」在躲避媒體數天後，曲美鈴忽然透過友人召開了記者會，第一句就說出了這樣令人驚訝的話，儘管許多和她熟識的媒體，都相信自殺絕對不會是曲美鈴會考慮的事情，但這樣的話一說出，還是令不少人嚇了一跳。還好，接下來這位代唸曲美鈴親筆聲明稿的友人「一個字接一個字」繼續唸出曲美鈴爲什麼「死了」，大家才鬆了一口氣，想起她平日喜歡故作驚人之語，還有喜好使用一些半通不通的詩句的時候，一些人禁不住私下竊笑起來。

而這場聲明曲美鈴將透過律師控告雜誌社毀謗的記者會，在明眼人看來，確實是符合曲美鈴個性的精心設計，就連事後這位友人也不諱言對媒體說，她之所以會刻意放慢速度來唸稿子，純粹是曲美鈴事先用電話交代的。甚至在記者會結束後，曲美鈴還立即打電話告訴她表現得很不錯，讓曲美鈴覺得很滿意。

曲美鈴既然決定出招，就絕對不會只是單純地博取同情而已，果然，幾乎就在記者會的同時，一直隱藏在暗地裡的「陳姐」終於曝光，許多媒體忽然同時有了「陳姐」的聯絡方式，而一些匿名的「好友」，甚至心靈課程的「同修」也跳了出來，轉瞬間就將檢調單位引導進入一個全新的方向。

＊＊＊＊＊

還在幾天前，「陳姐」仍若無其事地和許多媒體朋友通過電話，詢問這些媒體朋友近來過得是否平安？從她的語調看來，似乎心情相當輕鬆，即使在雜誌社隨刊附贈光碟的作法傳開後，也沒有人覺得她有特別的反應，甚至她還對部份媒體譴責這家雜誌社的作法，讓人覺得她完全像是一個局外人。

其實，即使和「陳姐」最熟的幾個媒體記者，對「陳姐」的實際生活狀況，卻也不大清楚，她總是來無影、去無蹤，不僅行蹤不定，就連留給媒體記者的聯絡電話也各不相同。她爲人相當謹慎小心，做什麼事情都很怕留下證據，尤其同樣的話喜歡重複叮嚀，似乎深怕別人不明白她的意思。不過，在她對人介紹自己的時候，總是自稱「陳老師」，而且表示自己已婚、生活單純，並且時常要去木柵或是世新大學「上課」，上課時也一定會關機，不明白的人，很容易就以爲她可能是世新大學、或是政治大學的教授。

而她之所以會認識這麼多的媒體記者，除了部份是曲美鈴還在桃園縣新聞處時介紹給她認識的之外，還有許多是她透過朋友主動結識的；這其中，和「陳姐」聯絡最密切的，就是一家晚報，還有一家週刊的記者。但即使是這兩人，也要等到事情爆發之後，才瞭解「陳老師」早已離婚，是個心靈課程的指導老師。

所以，當記者會那天下午，「陳姐」主動打電話給一位還在偷懶睡午覺的週刊記者，用略帶急躁的聲音說：「剛剛有好幾家電視台、報社的記者打電話給我，說要問我關於曲美鈴偷拍光碟的事情，怎麼會這樣子呢？」言下之意，似乎埋怨這位記者將她的電話外流。

聽到這樣的訊息，這名記者立刻清醒了幾分，馬上追問：「他們怎麼會知道妳的電話？妳有接受他們的訪問嗎？」電話那頭的「陳姐」說：「他們都說是什麼我上心靈課程的同修告訴他們電話的，問題是我那幾隻電話根本沒有告訴過我的同修，不曉得他們是從哪裡知道的？他們問我是不是幕後主導偷拍的人，我當然不會承認，還告訴他們事發後我和美鈴還討論過這件事，我們一致的決定就是不要理媒體，讓這件事情平靜下來，我絕對是被別人陷害的。」語調中透著急促，和平常氣定神閒的模樣大異其趣。

「如果是這樣，那爲什麼有人要陷害妳呢？」「陳姐」絲毫沒有遲疑，立刻回答：「因爲很多人都知道，我和美鈴是很好的朋友，也知道她很多私底下的事情，這次有人要蓄意陷害美鈴，這個人一定也是相當接近美鈴的人，爲了怕被人拆穿，所以才故意嫁禍給我，因爲我也相當符合這個條件。可是我最近幾天還時常和美鈴見面，還鼓勵安慰她，如果這件事情是我做的，那我早就走了，還留在這裡做什麼呢？」

想到自己掌握這條大獨家這麼久，一直都沒處理，現在又被別人搶先一步，這名記者不由得有些生氣，沒好氣地回答：「喔！妳還有上心靈課程啊？妳不是在大學裡教書嗎？」

「沒有啊！我什麼時候告訴過你我在大學教書？」「陳姐」用無辜的聲音說：「我確實

是在幫忙教授心靈課程啊！只不過我常常到世新大學附近上課，我從來沒有說過自己是大學講師。」聽到這裡，這名記者啞然失笑，覺得自己反倒有些理虧，便說：「現在既然有這麼多的媒體同時找到妳，一定是有人對媒體公佈相當不利於妳的消息，我覺得妳最好不要多說話，以免被媒體誤導，反而讓誤會更深。」其實，這位記者也是懷著鬼胎，想著只要「陳老師」不接受其他媒體的專訪，那他這個獨家就是穩拿了。

在記者的勸說之下，「陳姐」表示自己盡量不會接媒體的電話，暫時只和他一個人聯絡；這名記者大喜之餘，立即打電話回公司，要公司趕快準備攝影記者待命，因爲「有一條大獨家就快要到手了。」然後想了一想，又撥電話給「陳姐」說：「陳老師，我剛剛和幾個同業聯絡一下，好像他們對妳的判斷都相當不利，很多同業根本已經認定妳就是偷拍事件的藏鏡人，我看他們對妳都已經有了成見，不如妳接受我們的專訪，讓我們幫妳澄清一下，這樣可能會比較好。」

「陳姐」思考了一下，才說：「這樣子喔！我跟你說，其實我已經擬好了一篇聲明稿，把我所想要講的話都寫在裡面，我想我是不是e-mail給你就好，這樣也比較不容易產生誤會。」眼看到手的鴨子要飛了，這名記者急忙說：「我覺得這樣子好像比較不好，因爲聲明稿只是單向的方式，沒有辦法把事情講清楚，如果妳只是發了這樣一篇稿子，恐怕還是有很多人會誤解妳。我想我們還是碰個面，讓妳把所有的誤會說清楚，這樣子會比較好一點。」

「其實這個時候我說得再多，都沒有辦法讓別人完全相信我了。」「陳姐」用相當悲哀的語氣說：「因爲我現在大概已經知道是誰在放話中傷我了，既然她已經這樣做，別人也很難不對我起疑心，我也不想再管了，反正我明天一早就會出國，只是麻煩你幫我澄清一下，我出國的原因不是因爲我畏罪潛逃，而是我本來就安排好要去美國上課，等到我把課程結束，如果這邊的風波還沒有平息，我到時候一定會對社會大眾說清楚的。」

聽到「陳姐」說想要出國，這名記者立刻脫口而出：「聽說檢調單位可能會限制妳出境，如果這樣妳會選擇主動到案說明嗎？」「陳姐」似乎覺得相當訝異，跟著說：「有這樣的訊息嗎？如果眞的是這樣，那也沒有辦法了。」接著，「陳姐」像是亟欲結束談話，就詢問這名記者的e-mail address，說要把聲明稿寄給他，然後無論記者再怎麼要求，「陳姐」還是不願接受專訪，最後這名記者也只有打消這個念頭，心想：「反正她明天就要走了，大不了大家一起做不到這條新聞，算起來我也沒有吃虧。」

第二天，許多媒體都以社會頭條報導「陳姐」與曲美鈴兩造的說詞，「陳姐」這方面算了無新意，曲美鈴的反駁卻相當勁爆，她強調自己根本沒有時常和「陳姐」碰面，而且自從和「陳姐」因爲盜領存款事件交惡後，雙方就幾乎沒有聯絡過。或許是爲了製造被害者的效果，曲美鈴還特地加上一句：「如果出賣我的眞的是她，那我就眞的活不下去了。」明白指斥「陳姐」的說詞都是謊言，也等於暗示了偷拍的「兇手」就是「陳姐」。

同一天晚上，這名記者忽然在看電視時，發現有電視台電話專訪到「陳姐」，原先他還以爲又是昨天的新聞重播，但等到電視上播出「陳姐」哭哭啼啼的聲音，聲言自己遭受恐嚇，要媒體「救救她」，並且暗示恐嚇她的人，可能就是曲美鈴方面的時候，這名記者嚇了一跳，第一時間就播通了「陳姐」的電話。

「喂！陳老師嗎？聽說妳被別人恐嚇？」電話的另一端，「陳姐」的聲音很明顯地仍在哽咽，她略帶啜泣地說：「是啊！你怎麼會知道？」記者忙說：「現在電視正在播出你接受電話訪問的事情啊！這是什麼時候的事情？」「陳姐」說：「是嗎？你等一下，我先看一下電視，等一下再打電話給你。」說著掛上了電話。

大約十分鐘後，「陳姐」果然依約打了電話進來：「我今天下午發覺有人來按門鈴，還有人在門口說：『燈沒關，應該有人在家。』過了一會兒，我忽然接到一通電話，他們……他們恐嚇說要對我全家不利，而且要從最小的開始對付，我眞的感到好可怕，我又沒有做什麼事情，爲什麼他們要針對我？我到底應該怎麼辦？」

遇到這種情況，這名記者一時間也不知道該說些什麼，只好說：「我看妳是不是要考慮一下申請警方的保護呢？」「對！我也是這樣想！」直覺地這樣反應之後，「陳姐」顯然又開始猶豫起來：「可是，可是我眞的很害怕，要是想對付我的眞的是她（指曲美鈴），她有那麼多的背景，我實在是沒有安全的地方可以躲。你知道嗎？我根本就是半夜裡臨時用垃圾袋裝著東西逃出來的，你可以來看看我們，就知道我們有多慘了。」語氣中充滿了驚慌。

「那妳現在在哪裡呢？那個地方安全嗎？對了，妳本來不是說今天要出國嗎？怎麼現在還留在台灣呢？」聽到記者這樣問，「陳姐」好像又忽然恢復了鎮定，她說：「本來我確實是今天就要走，但是一個晚報的記者朋友告訴我說我已經被限制出境了，所以我才不敢去機場。現在我也是讓記者朋友安排，住在一個有力人士的家裡，我想應該暫時還安全吧？」

這名記者也弄不清楚她說的是眞是假？但想到她目前可能會有危險，就好意地說：「據我們跑新聞的經驗，一般來說，檢察官不可能這麼快就限制妳出境，我想這一、兩天妳都還有機會可以走。再說，就算妳被限制出境，只要檢察官沒有通緝或是傳喚，妳都可以自由在國內行動，機場警察是不可能直接逮捕妳的。」

在記者的分析下，「陳姐」也有點心動，覺得自己還有機會離開，便對記者說：「這樣好了，明天我再去試試看，如果我能夠離開，到了國外我會再跟你聯絡。」說著又結束了通話。

第二天一早，睡夢中的這名記者又再度被電話聲吵醒，傳來的是「陳老師」熟悉的聲音：「我現在和我的孩子已經到了機場，我們要通關的時候，他們說我已經被限制出境了，還說就是昨天晚上發的限制出境令。不管怎樣，還是謝謝你，我會再和你聯絡的。」

當時這名記者由於前一天相當晚睡，又喝了不少酒，所以對「陳姐」的說話只是模模糊糊地回應著，並沒有特別在意，等到睡醒後想要再和「陳姐」聯絡，不是沒開機就是無人接聽，他以爲也許過一段時間再打會比較好，但他卻不明白，他實際上已經沒有機會再和「陳姐」聯繫了。

＊＊＊＊＊

當「陳姐」在電視中透過電話向媒體哭喊求救的時候，「曲美鈴」也正滿懷恨意地微笑著看著電視，因為她知道，她復仇計畫的第一步已經成功了。

其實單從記者會舉行的時間和「陳姐」被媒體「發現」的時間如此巧合，就可以看出端倪了，在曲美鈴打電話給友人，委託她幫忙和律師共同主持記者會的時候，她也同樣打電話給一個交好的媒體記者，告訴他在暗中偷拍並且散佈性愛光碟的人，很可能就是她的密友兼心靈課程老師「陳姐」。由於媒體不瞭解心靈課程的內容，她還特地做了大略的講解，並且特地加油添醋地將「陳姐」如何憎恨她，如何向另一位女同修的先生推銷光碟的行為合盤托出，但她特別囑咐這個交好的媒體記者，一定要設法對外散佈這個消息，讓其他新聞同業也都能夠一起追逐這條新聞，但要特別注意，絕對不能說是她說的，一定要說是另一位「保留姓名」的女同修因為「看不過去」才對媒體披露這項消息。

還有，她也故意向記者透露出光碟可能有好幾個版本，其中甚至會牽涉到一些政商關係良好的知名人物，這樣說的原因是由於一方面她確實不知道還被拍了哪些畫面，另一方面也是預先堵截，讓檢調單位幫忙防止可能的外流，最重要的是讓那些曾經和她有過親密關係的重量級人士人人自危，主動出面幫她打點與防止其他可能的不利狀況。

那麼，這位記者為曲美鈴勞心勞力，還幫忙她撇清，到底有些什麼好處呢？說穿了也很簡單，那就是以後曲美鈴只要想要對外放話，一定會先透過他這個管道，就算不能給他獨家，至少也會讓他第一個知道，簡單地說，也就是這名記者以及他所屬的報系，在這段期間暫時成為曲美鈴的新聞發言人。

在曲美鈴的想法裡，她一方面用很感傷、很哀怨的方式博取同情，讓社會大眾作為她的後盾，然後就可以用強勢作為控告雜誌社，壓得雜誌社喘不過氣來。另一方面，則故意向媒體洩漏「陳姐」這項秘密，給已經炒不出新東西的媒體一條新話題，也讓整個事件重新帶起高峰。最重要的是，曲美鈴認爲：「只要『陳姐』被檢調單位調查，甚至羈押起訴，她的共犯一定會一個接一個地出現，這時候我就可以知道究竟是誰出賣我了。」

果然，記者會一召開後，雖然不少人批評她虛僞、作假，但絕大多數的人還是相當同情她，雜誌社立刻遭受更強烈的譴責，逼使該社的創辦人也只好出面道歉，還口口聲聲用：「我們曾經是學長學妹關係，就像一家人一樣。」的荒唐說詞，希望曲美鈴不要控告他。

曲美鈴當然不可能就這麼三言兩語地被他說動，在打聽到雜誌社前一場毀謗商界名人的官司才被判賠償兩千萬後，曲美鈴立刻要律師向雜誌社要求一億的天價賠償金，而且幾乎沒有講價的空間。這家雜誌社才剛剛因爲原社長身上背了三條官司，故意將社長職位讓給女兒，自己擔任創辦人的虛名，以免再度被官司拖累。現在又面臨這樣巨大的難關，爲了保護女兒與雜誌社的未來，儘管這位創辦人嘴上說得漂亮，私下卻透過一位黑道大哥想要向曲美鈴討價還價，可惜，就連這位黑道大哥也不敢出面處理這樣重大的事件，只用句：「我才剛剛關出來，你不要害我。」就將問題推回給創辦人，讓這家雜誌社傷透腦筋。

而在對付「陳姐」方面，也同樣獲得了初步的成功，「『陳姐』一定以爲，她手中握有我這麼多的秘密，我絕對不敢向別人提起她的名字。可是，誰才比較瞭解媒體與檢調單位呢？」曲美鈴得意地笑了：「只要我成功地塑造她是一個說謊者的形象，那麼無論她講了再多的事實，旁人也不會再相信她了。何況，這件案子可能牽涉的人那麼多，檢方只要稍微瞭解了大致的狀況，就一定會將偵辦目標鎖定在『陳姐』和簡單幾個人身上，然後草草結案了事，絕不會自己節外生枝。」

對曲美鈴來說，現在她最擔心的，就是「陳姐」手中還可能握有尚未公諸於世的新版母帶，這些母帶如果接連問世，將會對她的復出造成嚴重影響。而第二個難題，就是那個關於卓文亮、「陳姐」以及她自己三人間的大秘密，以「陳姐」的個性，還有她對卓文亮的態度，要主動向檢方檢舉這個秘密的可能性很低，「只要媒體或是其他的無聊人士不要多事，這件案子應該就是這樣了結了。」想著想著，曲美鈴又對自己的將來充滿了信心。

可惜，世事難料，接下來的變化之劇烈，不僅是深陷其中的陳冠玉沒有料到，就連仍然置身事外的卓文亮，以及還在精心佈局的曲美鈴，都沒有想到會有這樣的迅速發展。

第四章 高人

對檢方來說，「曲姐性愛光碟」案件，

根本就是一場災難的開始。當光碟在市面上到處流通，

甚至連中國大陸、香港、東南亞、美加、歐洲的華人地區都可以看得到時，檢方就知道事情不妙了，

而要遏止光碟的散佈根本就是一項「不可能的任務」。

在「曲姐性愛光碟」隨著翻拍光碟與網路，陸續散佈到全世界所有華人聚集地區的時候，一天晚上，在桃園縣的某一個秘密地點，有幾個男人正在召開緊急會議，討論整個事件可能的演變情況，與一切可行的因應辦法。

「現在事情已經鬧大了，我看不久之後，不管是『曲姐』還是『陳姐』，兩個人都會被檢方約談，雖然未必會產生最嚴重的後果，但是爲了防患於未然，所以今天邀請大家來討論一下，看看這個事情應該用什麼方法解決，才能獲得對我們最有利的結果。」領頭的主導者首先發言，但即使面對的都是熟識的友人與部屬，他說話的語調仍然相當低，似乎生怕有人在一旁竊聽。

在主導者的左手邊，一個微胖的中年人啜了口手中的咖啡，跟著隨手將杯子放在茶几上，沈吟似地說：「我看了這幾天媒體與檢方的動作，看樣子曲美鈴和檢方並沒有什麼合作關係，也沒有提供什麼重要訊息，反倒是她給了媒體很多線索，一副想要整死陳冠玉的樣子。我猜，曲美鈴自己應該也知道如果扯到老闆和我們身上，對她自己也沒有什麼好處，所以她報復的對象只鎖定在陳冠玉一個人身上。」說完這段話，他又重新拿起咖啡杯。

「如果是這樣當然最好，只要曲美鈴不和檢方合作，相信他們也無從查起。」另一邊，一個聲音宏亮卻身材瘦小的人說：「怕就怕這個女人一旦瘋起來，乾脆脫了褲子打老虎，既不要命，更不要臉；你沒聽陳冠玉說過嗎？曲美鈴曾經親口跟她說過她恨死了老闆，只要有機會一定會想辦法害死他。現在反正事情已經鬧到這個地步，她什麼臉都丟光了，誰知道她會不會趁這個機會把所有人都拖下水？要死大家一起死。」

瘦子右手邊的一個更胖的中年人搖搖頭說：「我看不會吧？我們大家心裡都很清楚，這件事情她所得到的好處最多，我們全部的人加起來，還沒有她一個人撈得多，就連老闆也被她耍了。如果她把這件事情抖出來，她自己的損失恐怕最大。現在她名譽已經毀了，要再走政治這條路的機會也很低，對她來說，她現在唯一能夠抓住的東西就是錢，她怎麼可能會把自己最後的本錢都斷送掉呢？」

「難道她不會想自殺嗎？如果她根本不想活了，搞不好就會亂來一通。」「不可能的事情啦！」中年胖子笑著說：「她那種人怎麼可能會想死？裝死倒是有可能，絕不可能眞死的啦！光看她這幾天的行爲，就知道她活得好好的，說不定過幾天她就會出面接受訪問，跟著就出書、上電視、賣廣告，還把自己和幾個男人搞過的故事拍成電影，叫什麼『曲姐的一千個男人』呢！」

房間內一陣哄笑，但顯然大家都知道現在並不是開玩笑的時候，所以都立刻壓抑了想笑的慾望，瞪眼看著主導者，看看他有甚麼話說？「來這邊和大家見面之前，我已經仔細想過，曲美鈴應該是不敢自己招供的，我覺得只要上層那邊打點的好，要解決這件事情應該並不困難。」主導者像是怕別人聽不清楚似地，說的相當緩慢：「對我們來說，重點只要那件事情不要曝光，其他的都無所謂。即使到最後查出我們可能對『偷拍事件』知情，但只要我們不要承認，因爲我們並沒有實際接觸這件事情，所以檢方也找不到什麼證據。」

「但是有一點我們可能要注意的是，萬一陳冠玉被檢方認爲涉嫌重大，乾脆收押的話，我們應該怎麼辦？」主導者說完這句話，看了看四周的聆聽者，接著說：「本來，這種案子算不上什麼了不起的案件，應該是可以交保候傳就好，但是被媒體這麼一鬧，好像已經變成了國家大事，我猜那些檢察官們可能也會想把它辦得嚴重些，所以陳冠玉被收押並不是沒有可能的。」

他又停了一下，發覺其他人似乎還是不太明白他的意思，只好解釋說：「陳冠玉是不是會被收押，當然也不關我們的事情，但是你們要想清楚，我們和曲美鈴之間的事情，陳冠玉可是知道得不少，要是她受不了檢方長期騷擾或是羈押，甚至檢方用她的兒女來要脅她，到時候她會不會用揭發我們的事情作爲交換條件來讓自己脫罪？可是很難說的。」

聽完主導者的分析，幾個人沈思了一會兒，那個中年胖子索性說：「你覺得我們應該怎麼做比較好？」所有的目光又回到了主導者的身上。

主導者早已想好了計畫，卻還是故意裝作想了一想，才說：「我想，我們應該要讓她更恨曲美鈴，而讓她覺得我們都很支持她，這樣才比較有可能讓她將所有的仇怨都放在曲美鈴的身上，就不會想要把這件事情洩漏出來了。」

「在她還沒出事之前，我們就應該主動關心她，幫她出些主意，甚至在媒體面前幫她講講話。」他知道這些人都聽得很籠統，所以乾脆一次把想法說完：「我猜，陳冠玉現在一定很慌，而且不知道應該怎麼做才對，我們不妨幫她想一些應付媒體與警方的說詞，並且教她怎麼樣讓自己撇清，盡量不要讓她因爲這件事情被弄進去，只要她沒有事，我們大家自然也就沒事了。簡單的說，未來，我們要打的仗，是一場恐怖平衡的仗，在曲美玲與陳冠玉間，取得一個平衡的著力點……」

「所以，萬一陳冠玉還是被檢方收押了，我們還可以幫忙介紹律師，需要的話更可以幫她照顧她的小孩，教她的小孩怎樣拒絕檢方的問話，以免說溜嘴連累了陳冠玉。」主導者說：「更重要的是，我們幫忙陳冠玉處理善後的同時，也可以順便試探看看她的手上究竟握有多少關於我們的把柄？如果有機會的話，我們也要趕快將這些證據消滅掉。這樣就算陳冠玉將來眞的出賣我們，檢方除了她的說詞，也找不到任何理由來對付我們。」

喝咖啡的微胖中年人比較謹愼，遲疑了一會兒，還是問道：「我們這樣做好嗎？檢方現在正在調查她，我們要是在這個時候和她來往這麼密切，到時候我們擔心的事情還沒曝光，反倒因爲檢方懷疑我們是她的共犯來調查我們，這樣不是更划不來嗎？」儘管杯中的咖啡早已喝完，他還是下意識地啜了一口杯緣。

「這點我也想過了，所以和她聯絡的人自然越少越好。」主導者很快地回答說：「我可以代表大家對她表示關心，她也知道我們都很恨曲美鈴，只要我們主動一點，應該很快就可以在她想不到我們的眞正目的的時候，取得她的信任。坦白說，能夠不冒這個險，我也不想去冒，但是時間有可能已經非常緊迫，要是檢方眞的認定陳冠玉涉嫌重大，一定會對她展開嚴密的搜查，要是她手上確實握有關於我們的證物，那麻煩可就大了。」

主導者一臉憂慮地說：「你們想想看，陳冠玉並不是笨蛋，她既然敢做下偷拍這件事，就一定會料想到有一天可能會被別人發覺，只要有一點風吹草動，我相信她一定會在第一時間把所有相關的證據處理掉，讓檢方白白浪費時間去搜索。但是，陳冠玉要是眞的有關於我們的證物，那是她最後用來保命的工具，她一定不可能銷毀的。要是檢方陰錯陽差反倒發現了這些證物，那不但我們都要倒楣，包括老闆與曲美鈴也都脫離不了關係。」

房間內的幾個人到現在才體會出事情的嚴重程度，當場有好幾個人微微點頭，同意了主導者的意見；瘦子像是忽然想到了什麼，又用響亮的聲音說：「我們好像忘了一個人，你們忘了林建群嗎？那個警政署的督察？他前一陣子不是和陳冠玉走得很近嗎？他也很恨曲美鈴啊！曲美鈴的一些資料說不定就是他弄給陳冠玉的？林建群會不會也知道我們的事情呢？」

主導者又想了一想，才緩緩說：「林建群確實給過陳冠玉不少資料，對我們的事情他應該也多少瞭解一些，不過現在事情鬧大了，他的身份比我們還要尷尬，不但得怕檢方知道他和陳冠玉經常往來，還要擔心自己也是光碟男主角。我們可以慢慢從陳冠玉口中套出來林建群究竟知道多少？必要時也不妨和他合作，大家都算是同一條船上的，他人在警界，對我們取得確實消息也會有很多方便的。」

看看大家應該都已經沒有意見了，主導者大致分派了各人應該注意打聽的事情之後，就宣佈今天到此爲止，以後隨時密切保持聯絡，臨走時，主導者還特別叮嚀：「回去各自崗位後，一定要仔細思考還有什麼可能被人當作證物的東西還沒有處理好，如果想到了就立即銷毀，千萬不要留下任何蛛絲馬跡。別因爲一個人的不小心，就把老闆和大家全部拖累了。對了，還有，也許我會去找一個人『嚇嚇』陳冠玉，這樣她才會更覺得非靠我們的幫助不可。」

＊＊＊＊＊

對檢方來說，「曲姐性愛光碟」案件，根本就是一場災難的開始。

最初，被砲轟指責的焦點還在新聞局的時候，檢方本來有點事不關己的看熱鬧想法，因爲就一般的經驗來說，類似這種偷拍的案件，偷拍嫌犯一定是被害者熟悉的人士，花不了幾天的功夫就可以釐清案情，讓眞相水落石出。檢方既沒有太多的重擔，又可以贏得辦案迅速的美名，對總是想要飛上枝頭做鳳凰的芸芸檢察官來說，眞是上頭指明要你出風頭的好機會。

但當光碟在市面上到處流通，甚至連中國大陸、香港、東南亞、美加、歐洲的華人地區都可以看得到時，檢方就知道事情不妙了，因爲這種情況再持續下去，社會指責的矛頭一定會轉向檢方，而要遏止光碟的散佈根本就是一項「不可能的任務」，對檢方而言，唯一脫身的辦法，就是盡快揪出偷拍者的眞實身份，以最快速度結案起訴，其他的事情就讓警方自己去傷腦筋。

可是，等到檢方會同警方一起到曲姐住宅去實地採勘，用儀器測量偷拍器材暫時毫無結果，並且調出出入這棟大樓的監視錄影帶之後，檢方就知道「這下可是捅了馬蜂窩了。」

大半年的錄影帶中，進出曲美鈴住家的達官貴人、巨商富賈，居然多到了這種地步，簡直令「涉世未深」的檢察官嘆爲觀止；算算曲美鈴自己在大半年中不過住在這邊一、二個月，而在這一、兩個月中竟然就有二、三十個喊得出名號的知名人物在錄影帶中出現。以曲美鈴這樣一個卸職的桃園縣新聞處長來說，和上層人物會有這樣頻繁的接觸，實在讓人感到不可思議。

當然，這些曾經去過曲美鈴家的「長」字輩或是「亨」字輩人物，爲了怕自己「無端」捲入這場糾紛當中，也透過各種不同的管道來給予「關愛的眼神」，希望檢方最好「專心辦案」，不要「多事」以免讓事態擴大。這種種的壓力，讓檢方覺得頭疼不已。

另外一個麻煩就是，平常和檢察官相當熟絡，經常幫助檢察官「放話」，順便「協助辦案」的媒體記者，現在也變成檢察官設法清查來龍去脈的一顆「擋在路上的石頭」。因爲，當事件發生，檢察官根據媒體先前的報導與各方的線報說法，對幾個特定人物施行監聽掌控的時候，卻赫然發現，許多平日在這行小有名氣的媒體記者，居然早在事情爆發之前，都和嫌犯或是受害者有相當頻繁的接觸，甚至有些線報更直接指明，部份媒體記者可能就是居中販賣性愛光碟的仲介人。

有些媒體記者在電話中直接講明：「我現在電話可能已經被監聽了，我看我們還是見面再說。」或是「現在這種時候說這些事情太敏感，我們到老地方再談。」甚至還有人已經緊張到以爲檢方即將拘提他，透過黑白兩道的各種關係要求別人「保」住他。其實，檢方不是沒有具體的事證，就是認爲這些記者的涉案程度輕微，即使有所行動也會打草驚蛇，讓幕後的大魚有所警覺，根本還沒有想要逮捕記者的打算。之所以監聽這些記者，主要目的也是想揪出誰才是眞正的偷拍與散佈者罷了。

無論如何，這種種發現自然讓檢察官在面對記者詢問案情時不得不分外小心，生怕有些記者自己就是案件的重要關係人，藉著採訪的機會來探聽檢方偵辦的進度，然後轉報幕後的犯罪者研擬因應的對策。

而更糟糕的是，當「陳姐」這個神秘人物曝光之後，媒體上每天都可以看到她對記者侃侃而談，一下子高聲喊冤，一下子又說自己被人恐嚇，加上曲美鈴針鋒相對的回應，還有雜誌社死鴨子嘴硬的自圓其說，與媒體推波助瀾的Call In節目加油添醋，讓全國觀眾每天都可以按時收看一齣曲折離奇的八卦肥皂劇。

更好笑的是，忽然之間，好幾家媒體都聲稱自己才是第一個接觸到偷拍錄影帶或是光碟的人，只是因為基於道德因素，才刻意壓下這條新聞沒有報導。在各種自稱的傳聞中，除了李小姐與陳先生外，還冒出了更多的先生小姐的版本，一位身兼雜誌社總策畫的過氣藝人，甚至還自行向媒體披露：「我們雜誌社才是第一個收到偷拍光碟的人，那是一位陳先生還有一位邱先生，他們還向我開價兩百萬兜售呢。」而當那家雜誌社的老闆吃驚地問他這是怎麼回事時？這位藝人臉不紅、氣不喘地回答：「我們藝人當然要找機會秀一下自己嘛！這有什麼關係？要是到時候檢察官傳我，我就坦白說我說謊就好了。」

在這種亂哄哄的局面當中，對檢方來說，最糗的就是幾乎什麼人都可以找到「陳姐」，採訪到曲美鈴，但就只有檢方對「陳姐」幾近一無所悉，也掌握不了曲美鈴的行蹤，這樣的尷尬處境實在令檢察官頗爲狼狽。

爲了趕快讓雙方當事人「閉嘴」，將全案重回檢方的掌控範圍，到了最後檢方還是只有求助於交好的媒體，要他們暗中提供曲美鈴與「陳姐」的聯絡方式與現在行蹤，而交換的條件，自然就只有給予媒體一些甜頭，也就是檢方辦案的具體進度。但檢方明知有些記者和涉案人關係深厚，所以只有「謊報案情」，用半眞半假的情報來換取媒體的信任，順便也藉機擾亂涉案者的佈局，讓她們弄不清楚檢方現在究竟查到了什麼樣的程度。

就在檢方還停留在和媒體與還未曝光的涉案者大玩「心理遊戲」，並且揚言「陳姐」如果再不出面說明，就要強制拘提的時候；這位始終隱藏在媒體背後的離婚婦人陳冠玉終於親自現身，以遭受恐嚇、要求警方保護人身安全爲由，在一家報社記者的陪同下主動到案說明，案情至此終於有了突破性的發展。

＊＊＊＊＊＊

「我堅持要這位記者在場，否則我不接受檢方偵訊。」深夜12點半，「陳姐」透過管道主動聯絡檢察官，表示願意在秘密地點對檢方說明她所知道的一切。這對正爲這件案子焦頭爛額的檢察官來說，當然是求之不得的事情，於是立即和「陳姐」約好，會同警方一起前往約定地點。誰知道，一見面「陳姐」就提出了這個讓他爲難的要求。

這名記者向警方解釋，他和「陳姐」是在上「心靈課程」的時候認識的，事情發生過後，「陳姐」找他商量對策，他原本認爲既然事情不是「陳姐」所做的，就應該把所有事實公佈出來，讓社會大眾評論。但是「陳姐」因爲害怕自己遭受報復，所以寧願選擇出國躲避，後來，因無法出境，才在他的勸說下出面對檢方說明。「『陳姐』現在很恐慌，所以希望有熟人在偵訊時能夠陪著她，這樣她才會比較安心。」這名記者說。

按照隨行警方的意思，這樣的作法明顯違反「偵察不公開」的原則，因此建議檢察官不要接受這個條件，但檢察官思考了一下，覺得「陳姐」既然願意出面說明，已經表達了某種程度的誠意，雖然要求記者陪同製作筆錄不合規定，但這應該只是一種形式上的保證，不至於影響辦案結果。何況，他心想：「這些警察不願意讓這名記者在一旁陪同，還不是怕他拿到了獨家，對其他報系不好交代！否則這些傢伙平常沒事就對媒體胡言亂語，什麼時候遵守過『偵察不公開』的原則呢？」主意已定，他便表示同意「陳姐」的要求。

接過警方人員遞過來的茶杯，戴著帽子，神色凝重卻沒有絲毫緊張的「陳姐」稍稍思考了一下，就用肯定的語氣說：「本來我為了美鈴著想，還不願意將整個事件公開，但是現在美鈴既然已經懷疑我了，而媒體報導更直接把我當兇手看待，說得我好像是惡魔一樣，還有人要威脅我和孩子的生命安全。到了這個地步，我也不能夠再幫美鈴隱瞞下去了。」

她望了望身邊的記者，接著說：「我老實跟你們說吧！我確實知道有偷拍錄影帶這件事情，我也知道是誰要偷拍，以及偷拍的眞正目的。」

聽到嫌犯親口承認自己和偷拍案有關，原本以爲將是一場苦戰的檢察官，心情不由得振奮起來，但是接下來的話，讓他幾乎不敢相信自己的耳朵，因爲「陳姐」接著說：「你們可能料想不到，偷拍的眞正主使者，就是曲美鈴自己，當初美鈴拜託我幫她接洽裝置偷拍器材，她說她不懂電子器材，希望我能幫她忙。我當然不願意做這種缺德的事情，何況我也不懂這些東西，就拒絕了她。但是後來因爲美鈴是我的好姊妹，我也知道她被很多男人『騷擾』，到最後禁不住她一再拜託，有時候也會幫她監工。現在想想，我當初眞的是太傻了，我爲什麼要這樣子莫名其妙地捲入這個事件裡頭？」

「陳姐」的一番話聽得在場的檢警人員一時之間鴉雀無聲，檢察官本來已經有點沈不住氣，但一轉念間，還是決定讓「陳姐」自己爲這個荒謬的說法提出一個合理的解釋。「美鈴爲什麼要在自己家裡裝偷拍器材呢？」「陳姐」喝了口茶繼續說：「理由其實也很簡單，美鈴曾經對媒體說過，卓文亮生氣的時候有打過她，相信這件事情你們大概都知道吧？美鈴對我說，她現在很怕卓文亮。尤其現在她主動和卓文亮分手，以卓文亮的個性，很可能會對她採取報復行動，所以爲了自身的安全，才必須裝偷拍器材防身。」

「而且，……」在檢察官正想提出疑問時，「陳姐」又接著說：「美鈴的私生活實在是不太好，她和很多男人都有交往，這些男人中間有的不肯死心，常常會藉故糾纏美鈴，裝上這些偷拍器材，有部份也是爲了防範這些男人將來再來找她麻煩的緣故。」說到這裡，「陳姐」好像如釋重負一般，深深地吐出一口氣，將茶水大口地吞嚥下去。

檢察官想了想，皺著眉頭問：「按照妳的說法，這個偷拍器材是曲美鈴自己裝設的，妳只是從旁協助囉？」

「不是，我並沒有從旁協助。」像是聽出檢察官話中有話，「陳姐」急忙否認說：「我確實知道這件事，但是安裝器材的工人是美鈴自己去找來的，只是裝設器材那天，我沒辦法拒絕她，才陪她一起在家裡看他們安裝的情形，但是因爲我對這種東西根本一竅不通，所以也沒有仔細看他們究竟是怎麼裝的，就連安裝偷拍攝影機的位置在什麼地方，我都搞不清楚。」

聽到陳冠玉避重就輕的說詞，檢察官顯然已經有些不耐煩，便直截了當地問：「那麼，妳的意思是說，這個偷拍案根本就是曲美鈴自導自演的囉？如果眞的是這樣，那她的目的又是什麼？」

面對檢察官的訊問，「陳姐」面不改色地說：「我不知道這些偷拍錄影帶是怎麼流出來的，也不知道誰是幕後主使者，因爲從那天和美鈴一起監工之後，我就再也沒聽美鈴提起過這件事情，也不清楚美鈴是不是眞的有使用過這些器材，我想你們應該直接去問美鈴會比較好一點。」

雖然對陳冠玉的說法一個字也不相信，但由於目前手中還沒有掌握充分的證據，檢察官索性暫時跳過這一段，跟著問：「妳和曲美鈴本來是好朋友，爲什麼現在會變成這樣？有線索指出妳曾經盜領曲美鈴的財物，這是妳們交惡的原因嗎？」

「陳姐」搖搖頭說：「坦白說，我並不清楚美鈴爲什麼要這麼說？也根本沒有所謂盜領的事情，那筆錢是美鈴自己要我提領出來的，事後她也承認那是誤會，很多人都可以證明。而且我也沒有和美鈴交惡，一直到前幾天我們都還常聯絡，只是因爲美鈴的私生活不太好，我身爲她的朋友和心靈課程的講師，免不了要勸她幾句，每次勸她時她都說一定會改，可是隔不了多久，她又和一些男人弄得不清不楚，因爲我沒有辦法同意她這樣的生活方式，加上她後來自己也在忙選舉，所以我才慢慢和她疏遠，但是我們的感情還是很好，經常互相通電話聯絡。」

「如果事情眞的像妳所說的，那麼妳應該不用害怕什麼，又何必急急忙忙想要出國？更應該不會有人恐嚇妳才對啊！」熬夜審訊的結果，當事人「陳姐」倒還若無其事，檢察官卻已經有些焦躁，問話的口氣也更嚴厲了。

但「陳姐」並沒有任何明顯的反應，仍然用不急不徐的語調說：「我之所以要出國，就是因爲我和孩子的生命安全遭受威脅，如果只是我自己也就算了，但是爲了我的孩子，我不得不做這樣的決定。而爲什麼有人會威脅我？我想可能是因爲偷拍的人以爲我和美鈴這麼接近，一定會知道很多關於美鈴的事情，或許他們以爲我手上有什麼證據，才故意這樣威脅我吧？但是說實話，我眞的什麼也不知道，希望你們檢方能夠趕快調查清楚，找出偷拍的眞正元凶，讓我們母子可以重新過正常的生活。」幾句話一轉，又把球重新丟還給檢察官。

漏夜偵訊了四個多鐘頭，檢察官看看時間差不多了，就先將陳冠玉飭回，但要求她一定要隨時和檢方保持聯繫。雙方休息了幾個鐘頭後，檢方再度約談「陳姐」，並且派人前往她的家中搜索，試圖找出和案件相關的任何線索。

在「陳姐」想來，她透露了這樣驚人的訊息，檢方光是要查證她的說詞是否屬實，就一定要花上很多時間，而等到檢方的工作做完，重新再找回她的身上時，她絕對已經做好了所有脫身的安排。可惜，就是因為「陳姐」的證詞實在太過驚人，到了令人難以置信的地步，沒過多久，檢方就迅雷不及掩耳地收押了「陳姐」，準備在羈押過程中慢慢和這位心靈課程的講師打一場心理攻防戰。

＊＊＊＊＊

「這段時間，我為大家帶來許多困擾，也為社會作了不良的示範，美鈴在這裡向社會大眾致上我最深的歉意。」在寒流來襲的冷風中，多日沒有在媒體面前曝光的曲美鈴忽然又在自家大樓樓下現身，而且面對擁擠得水泄不通的媒體，又「表演」了一次她那著名的135度鞠躬。

當「陳姐」主動向檢方到案說明的消息傳出後，曲美鈴的心中雖然有些得意，但也免不了夾雜著幾許不安，因為「陳姐」究竟會對檢方說些什麼，她心裡實在沒有什麼把握。等到報紙刊出「陳姐」直指偷拍攝影機是曲美鈴自己所裝設的之後，曲美鈴先是氣得將報紙都撕爛了，但隨即又想，這豈非正是自己再度吸引媒體鎂光燈的好機會？

「這麼漏洞百出的說法，虧『陳姐』還是心靈課程的講師，看來我眞的是高估她了。」曲美鈴心想：「本來我還擔心她會扯上別的事情，沒想到她居然這麼老實，甘願爲我和文亮保守這個秘密，這樣一來，我連解釋都不用解釋，相信沒有一個人會相信她說的話，我只要擺出一付受害了還被人污衊的姿態，一定可以讓社會大眾認定我是無辜的，這樣我的復出就更有希望了。」

一切都盤算妥當之後，曲美鈴拿起電話，就要撥給律師與好友，希望他們代爲安排記者會的時間與場地。才剛撥了幾個號碼，她忽然又打斷了這個主意：「上次記者會後，已經有人說我是故意做作，這次如果又這麼做，會不會又被那些看不得別人好的人亂說一通呢？不對，還是不要用那麼正式的作法，應該讓人家覺得我已經『痛不欲生』，只是實在氣不過『陳姐』顚倒是非黑白，所以才忍不住跳出來向大家說清楚。嗯，這個主意不錯，應該可行。」於是，她又放下了電話。

到了中午時分，她才撥電話給律師和先前幫忙念聲明稿的好友，告訴他們自己將要出面向社會大眾道歉，並且對「陳姐」的說法予以駁斥，希望他們轉告媒體朋友，「這幾天我的身體非常不好，我恐怕不能支持太久的時間，所以我想就在我家樓下和記者朋友們碰面好了。」一邊說話，曲美鈴還一邊以間斷的咳嗽來顯示自己身體的虛弱程度。

得知偷拍光碟案女主角曲美鈴即將現身，媒體自然蜂擁而至，將曲家樓下擠得像是在開抗爭大會一般。而為了爭搶比較好的拍攝角度，一些媒體記者甚至發生推擠與口角，加上天氣寒冷，每個人的心情都極度惡劣，等了一陣子曲美鈴還沒有出現，一些記者忍不住低聲罵著：「明明就是想要出風頭，還裝什麼蒜？故意叫我們在這裡喝西北風？」

好不容易曲美鈴終於在律師與朋友的陪伴下走下樓梯，馬上被媒體包圍，只見曲美鈴臉色泛黑，難得地戴著眼鏡，哆嗦的身體好像隨時都會倒下去一般，顫微微地「一個字、一個字」地唸著新的聲明稿，內容除了向社會大眾致歉外，就是要求司法機關對「陳姐」從重量刑，以還給她一個公道。

勉勉強強地唸完了稿子之後，曲美鈴還向媒體深深鞠躬，跟著「毫不意外」地雙腳一軟，跌坐在地上，算是報答媒體們寒風中守候的辛苦，所以特別博命演出刺激畫面。當然，現場又是一陣慌亂，弄不清楚曲美鈴究竟是來眞的還是作假的友人們，七手八腳將曲美鈴送往醫院急救，媒體自然也尾隨追趕，等到在醫院中檢查出：「沒有什麼大礙，休息一下就好。」之後，曲美鈴又在友人的護送下搭車離去。只是當曲美鈴離開醫院的時候，爲了躲避媒體，還發揮短跑女將的實力，一溜煙從醫院門口竄到車上，立時絕塵而去。這樣的情形讓瞠乎其後的媒體們瞧得目瞪口呆，「這樣的人那有可能會昏倒啊？我看她的身體比我還健康得多哩。」

結果，曲美鈴寄予厚望的這齣「復出前奏曲」，就毀在這最後的晚節不保上，從此以後，媒體與社會對她的評價開始負面多於正面，這時，所有人才擦亮了眼睛，用比較公平客觀的態度觀察這齣鬧劇的「歹戲拖棚」。

＊＊＊＊＊

「我發誓，我當初去裝這套攝影器材的時候，眞的不知道那就是曲美鈴的家。」在地檢署中，一名年輕男子對檢察官說：「是等到事主拍完，要我們幫忙拷貝的時候，我才知道錄影帶的內容居然是曲美鈴和那個姓周的男人。」

檢察官看著年輕人，用和藹的語氣說：「別急，既然你已經主動到案說明，只要原原本本地將事情經過說出來，應該就沒有什麼問題了，就算有，也不會是很重的罪，我一定會要求對你特別從輕處理，保證讓你沒有事。」爲了誘引年輕人說出案情，檢察官先說了一段話要他放心。

就在「陳姐」剛剛收押之後，立刻有一名自稱在桃園縣「全民公敵」通訊器材公司上班的年輕人，主動到案向檢方承認曲美鈴家中的偷拍器材就是自己過去裝的，由於檢方第一次搜索的時候完全找不到偷拍器材，還在擔心如果「陳姐」始終否認，不知道該找什麼證據去控告她。這下眞是踏破鐵鞋無覓處，得來全不費工夫，當然立刻將年輕男子列爲重要證人。

「器材是那位陳小姐叫我們裝的，而且是陳小姐親自到我們公司來的，到現在我還記得她的長相，就是這幾天報紙上刊的那個人沒錯。」年輕人繼續說：「當時，我們還講了一會兒價錢，後來才決定以廿五萬元成交。陳小姐告訴我們她懷疑她先生和別的女人通姦，所以才要裝偷拍器材抓姦，所以當時我們一直以爲那裡是她自己的家，現在才知道原來是曲美鈴的。」

「你確定那個和你們接洽的人，就是陳冠玉本人沒錯嗎？」或許因爲過度興奮，檢察官發覺自己的聲音居然有些微微顫抖。

「我肯定是她沒錯。」年輕人忽然猶豫了起來，像是在思索些什麼，最後好像終於鼓起勇氣，抬頭對著檢察官說：「我絕對肯定是她，因爲除了兩個人相貌非常相似，應該就是同一個人外，最重要的是當時還有一個人也陪她一起來，而且那個人我們大家都認識…。」說到這裡，年輕人又有些吞吞吐吐。

看到年輕人的退縮，檢察官鼓勵他說：「沒關係，你可以說出來，我絕對不會讓任何人對你不利。」說著用熱切的眼神注視著年輕人。

「我…那個人其實你們也都知道是誰。」年輕人像是爲了增強自己的信心一般提高了音量：「他就是之前的桃園縣長卓文亮。」

第五章　僵局

「好吧！老實告訴你們，現在一切應該都還在我們的控制當中，只要沒有太大的意外，短期間內我們應該都不會有危險。」主導者微笑地說：

「我知道大家都對這次『全民公敵』老闆說出我們老闆和陳冠玉一起出現在他們公司的事情很緊張，不過我要請大家放心，因為這根本就是我要『全民公敵』的老闆主動說的。」

對前桃園縣副縣長祝東光來說，自己已經好久沒有這麼受到媒體的寵愛了，尤其多年前他也曾經是顯赫一時的風雲人物，現在這種被媒體簇擁包圍的感覺，讓他覺得分外親切，彷彿中好像又回到了那段輝煌的時代，自己正站在肥皂箱上慷慨陳詞，而記者們就像引領期盼的忠貞選民，正在等待他指引一個全新的方向。

可惜，幻想不過是短暫的，回到現實之後，他還是得謹慎小心，不能再像從前那樣大放厥詞。「副縣長，現在有監視器材行的員工出面投案，證實當初去委託裝設偷拍器材的人就是陳冠玉，而且這個人還說陪陳冠玉去的人，就是卓文亮縣長，請問縣長到底和偷拍案有什麼關係？他什麼時候會親自出面說明？」身材嬌小的女記者雖然將麥克風湊到了祝東光的嘴邊，身體卻刻意站得遠遠的，像是祝東光身上有傳染病一樣。這種奇怪的姿勢讓許多在場的媒體同業會心一笑，但誰都不敢笑出聲來。

原來，祝東光當年雖然靠的是街頭抗爭講演，爲自己打下民意代表的一片天空，並且博得「街頭悍將」的稱號，然而對女記者們來說，他最出名的卻不是對台灣民主化進程的貢獻，反倒是吃豆腐、揩油的本領。只要訪問他的是女記者，如果旁邊人多，祝東光想辦法拉拉小手也就算了，假使是非公開的私下訪問，祝東光一定會想辦法和對方耳鬢廝磨一番，許多女記者因此對他印象奇差，私下還封給他一個：「街頭色魔」的混號。

今天來採訪的這位電視台記者，之前就吃過這種虧，所以這次故意用這種姿勢訪問，一方面擔心再度「遇襲」，一方面也是故意讓祝東光難看。看到這位女記者這樣的表現，祝東光心裡當然十分恙怒，可是礙於旁觀媒體衆多，也只能視而不見，對著攝影機朗聲說：「卓文亮不僅是我的長官，也是我的好朋友，我絕對相信他的清白。這件事情的眞相究竟如何？還需要檢方進一步的調查，不過就算卓縣長眞的陪陳冠玉去過，那也並不代表什麼，因爲卓縣長很可能是完全不知情的。檢方不是也證實了嗎？卓縣長只是帶著陳冠玉到那邊一下，自己就先走了，所以這件事情到現在我還不認爲會和他有關。」

他頓了頓，又說：「消息出來以後，我已經以電話和縣長聯絡過了，他告訴我這一切都不關他的事情，只是現在他心情很亂，所以不想接受媒體的訪問，等到過幾天他的心情比較平靜之後，他就會出面對社會、對檢方說清楚的。」

女記者依舊保持那種奇怪的姿勢，追問道：「您曾經說過當初是您聽過陳冠玉的課程之後覺得相當不錯，才會推薦給卓縣長和曲美鈴的，現在幾乎已經可以確定陳冠玉就是偷拍的人，請問您有什麼樣的感想？」記者狡獪的眼神，似乎正等待祝東光狼狽地認錯。

可惜，祝東光畢竟是經歷過大風大浪的人，這樣的小場面對他來說眞是不算什麼，他嘆息了一聲，然後說：「我確實是因爲聽了陳冠玉的課程後覺得領悟了很多，才會介紹給文亮與美鈴，希望他們能夠藉此走出陰霾。現在發生這種事，我覺得只是單一事件，陳冠玉個人的行爲其實並不影響這個課程的正當性，我也希望大家不要因此而對這套課程產生偏見，白白喪失了一個美好的學習機會。」

「聽說陳冠玉不僅和曲美鈴非常要好，和你以及卓縣長之間的關係也都很不錯，甚至還有人說，陳冠玉是因爲和卓縣長發生戀情，才會幫卓縣長報復曲美鈴，請問副縣長，陳冠玉和卓縣長之間到底是什麼樣的關係？」女記者顯然不想就這麼輕輕巧巧地放過祝東光，又繼續追問著尖銳的話題。

儘管早已練就一身政治嘴臉，但聽到女記者這麼露骨的詢問，祝東光還是忍不住瞪了女記者一眼，跟著才說：「這些全部都是誤傳，其實陳冠玉和我以及卓縣長之間的關係相當單純，只是因為心靈課程而結識的朋友罷了，絕對不會有什麼戀情發生，至少我就看不出來。再說文亮和美鈴之間的事，純粹是男女感情問題，雙方也都是社會經歷豐富的成年人了，還談得上什麼報復不報復嗎？」

「老實講，事情發生之後，陳冠玉也曾經打電話給我，除了問我發生這種事情應該怎麼辦之外，就是強調自己絕對沒有做過，偷拍絕對不是她做的。或許她也打過類似的電話給文亮也說不定。你們想，如果陳冠玉和我或文亮的感情好到謠言中的地步，事情發生之後我們應該天天碰面研究才對，而且在事情爆發之前，更應該形影不離，事實證明沒有這樣的事情，所以那些謠言實在是不攻自破。」

祝東光像是不想再給女記者機會，索性滔滔不絕地說著：「這件事情是不是陳冠玉做的，目前已經進入司法程序，我也不便多談，但是話說回來，今天事情會演變到這個情況，美鈴自己也需要負很大的責任，畢竟她如果平日就注重自己的私生活，今天又怎麼可能會發生這種事情呢？而且如果你們媒體所說的話都是眞的，那美鈴得罪的男人恐怕相當多，又怎麼能說一定會是文亮想要報復呢？」

「偷拍美鈴私生活這種事情，我想不必是政治人物，也應該知道是非同小可的大事吧？」

祝東光越說越起勁，好像又回到了當年的演講舞臺：「文亮自己是桃園縣長，明明知道走到哪裡都有人會認識他，如果眞的是文亮想要拍美鈴，那他還會親自去監視器材行幫忙洽談，生怕別人不知道他要做這種事嗎？我想只要是正常人平心靜氣想一想，就知道文亮當初假使眞的陪陳冠玉到器材行去，那他一定不知道購買這些器材的眞正目的。」

爲了怕這場訪問變成祝東光個人的脫口秀，趁著祝東光語氣一頓，女記者趕忙插入問道：「現在新的桃園縣政府追查當初你們引進陳冠玉的心靈課程時，發現是申請經費先通過，陳冠玉的莫札特國際公司才成立的，質疑當初的行政手續有瑕疵，甚至有刻意圖利他人的行爲，而且課程所收的費用也太高了，對於這點，請問你有什麼解釋？」

「歡迎他們去查，我只能說我們一切都按照行政程序辦理，絕對是合法的行爲。」祝東光聳聳肩，一副無所謂的樣子：「這個課程不是我私人開的，而是文亮與美鈴都覺得很不錯，有利於縣政府主管們的心靈提昇，才決定聘請陳冠玉來幫縣政府主管們上課的。至於收費標準，完全依照平常教授這種課程時的收費方式，一切都沒有任何問題，而且相當透明化，你們只要稍微去查一下就可以瞭解的很清楚了。」

等到媒體逐漸散去之後，祝東光忽然接到了一通電話，電話裡的人對他說：「東光，我剛剛看了電視上對你做的訪問，你講得非常好，不過我覺得這個時候我們說得越少，對自己越有好處，就讓大家的焦點始終放在美鈴和冠玉的身上好了，我們何必去淌這渾水呢？你覺得如何？」

「本來我只想澄清一下就算了，但是他們提到了感情問題，所以我才花了點工夫釐清這個事情。」像是知道自己有點多嘴，祝東光略帶歉意地這樣說。

「我覺得無所謂啦！要講就由他們去講，反正他們傳得越亂，越弄不清楚什麼才是眞的，我們也沒必要每件事情都解釋啊！」「好吧！就聽你的，以後我也盡量拒絕他們就是了。」

在祝東光同意這個人的良心建議後，從此以後祝東光就越來越避免對事件發表任何評論，就算是他最喜歡的幾個女記者，也沒有辦法再從他的口中問出更多的新聞材料了。

＊＊＊＊＊

「有了！有了！在這裡！我找到線路了。」有了監視器材行員工的帶領，檢方大張旗鼓重回舊地，在曲美鈴家進行搜索，沒有多久，就找出了應該是監視器材的隱藏線路，而且不約而同的，這些線路都連接到了陳冠玉借住在曲美鈴家中時的房間，似乎偷拍者就是由這個房間來監控整個偷拍過程，這也間接證實了陳冠玉涉案的可能性。至於上次之所以都沒有查出來的原因，是因爲這些線路全部都埋在牆壁裡，可以想見當時施工一定花費了不少工夫，應該會有鄰居或是管理員發現才對。

「有一個針孔攝影機就是藏在音響裡的。」監視器材行的員工說著，檢警人員馬上動手拆下可疑的物品整理帶回做爲證物，但是，大肆搜索後，雖然發現了偷拍的線路，卻沒有發現任何一台針孔攝影機，顯然有人在拍完錄影帶之後，已經暗中將攝影機取走，企圖湮滅證據，讓檢方沒有辦法循線追緝。

「陳小姐要我們來這裡安裝的時候，我們以爲這裡是她的家，她告訴我們說她丈夫那幾天剛好出國，所以有機會可以安裝監視攝影機，我們也沒有多想什麼，就前後兩次來到這裡幫忙她安裝並且測試攝影機。」回到地檢署中，監視器材行的老闆也已經到案，向檢方陳述當時的具體經過：「我們從頭到尾沒有看過曲美鈴小姐，也不知道陳小姐的眞實身份，所以不知道這件事情會有這麼嚴重的後果。」

老闆回憶說：「過了一陣子後，陳小姐拿了幾卷錄影帶來，要我們幫忙她翻拷，在翻拷監看的過程中，我們才發覺這是一卷偷拍性愛錄影帶，而且裡面的女主角有點像曲美鈴小姐。但是因爲這和我們沒有關係，所以我們也不敢多問。後來，陳小姐又來要求我們去拆監視器材，但是說她不方便在現場，我覺得事情有些蹊蹺，就拒絕了她，後來她就沒有再找過我了。」

從這位老闆的口中，甚至連偷拍錄影帶到底如何流入市面，也做了清楚的解釋：「當時我們有一個現在已經離職的員工看到這個錄影帶，就偷偷自己拷貝了一份，後來用高價（聽說是六百萬）賣給地下盜錄集團，然後聽說就跑到國外去了，現在就連我們也都找不到他。」

「那麼關於卓文亮前縣長的事情呢？他和這件事情到底有什麼關連？」檢察官一面察言觀

色，一面慢慢地問著。

「卓縣長很久以前曾經找我在他的辦公室裝監視器材，因爲這樣我們才認識。」老闆相當鎮定地說：「那天他帶著陳小姐來，只是跟我們打了聲招呼，說陳小姐的老公可能有外遇，所以希望我們幫她裝監視器材來找他老公外遇的證據，卓縣長只是要我們和陳小姐談一談，跟著就說他還有事情，連茶也沒喝就走了，從頭到尾大概待了五分鐘不到。」

檢察官仔細聆聽老闆的敘述，發覺老闆顯然避重就輕、說話不盡不實，別的尚且不談，光是不知道裝設偷拍器材的地點是曲美鈴家，就幾乎是不可能的事情，因爲曲美鈴家到處都有曲美鈴和旁人的合照與沙龍相片，任誰一看就知道這是誰的家，何況老闆既然和卓文亮是舊識，怎麼可能會不知道曲美鈴是誰呢？

思考了一下，檢察官決定兵行險著，突然對老闆問出一句：「你幫陳小姐裝設偷拍器材的地點不只一處對不對？你最好自己趕快把事情說清楚，如果要等到我們動手查出來，到時候你就是陳冠玉的共犯了。」

果然，老闆當場臉色大變，本來略帶紅潤的臉頰瞬間變得鐵青，「這招奏效了！」檢察官極力掩飾興奮的心情，用威脅的口吻說：「你要想清楚，現在是你自己主動來向檢方說明，如果你不趁這個機會說明白，我們申請羈押之後，一樣可以慢慢讓你說出來，可是那個時候，情形就完全不一樣了喔。」

「好吧！我老實告訴你好了。」哭喪著臉的老闆一邊下意識地捏著自己的手指頭，一邊用虛弱的聲音說：「基本上我先前告訴你的也都是事實，只不過陳小姐在要求我去她家裝完監視器後，還要求我在她老公的BMW轎車上、辦公室裡，還有手機裡，都裝上監視器或是秘錄回路，現在想起來，那些可能都是爲了要偷拍曲美鈴小姐才裝的。但是我對天發誓，我當時眞的不知道是這種情況，否則我絕對不敢進去裝。」

得悉陳冠玉居然在這樣多的地方都裝上了監視或是監聽器材，就算是習慣監控別人的檢察官，也不由得說不出話來，等了好一會兒，才搖搖頭說：「在車上或是手機裡裝器材也就罷了，但是曲美鈴的辦公室在縣政府內，你是怎麼進去桃園縣政府裝的？難道你不知道任意進入公家機關裝設偷拍或竊聽器材的後果會是什麼嗎？」

表面上是坐在椅子上，實際上平常意氣風發的「全民公敵」公司的老闆，這時候早已經是軟癱在座椅上了。他掙扎地用僅有的氣力說：「我當時有問陳小姐，但是陳小姐說她老公在縣政府上班，我們去裝的時候桌上沒有名牌，而且裡面好像每個人都跟她很熟，所以我也沒有起疑心。當時我眞的沒有想到事情會變成這個樣子，我眞的不知道她要對付的是曲美鈴，否則我那有這個膽子敢來接這個生意？」

老闆雖然堅稱自己不知道要偷拍的對象是曲美鈴，但是檢察官心中還是覺得相當疑惑，似乎有一些重要的關鍵點被老闆刻意隱藏了，讓他覺得有種異樣的感覺，卻又說不出到底哪裡不對；不過，假設老闆所說的證詞大部份都是眞的，那麼已經可以確定陳冠玉就算不是偷拍的主謀，實際執行者也一定是她，所以現在最優先要做的工夫，就是借提陳冠玉出來對質，還有到老闆所說的縣政府辦公室，以及汽車與手機裡，查查看相關的證物是否還在？

「只要在這些證物收集齊全以前，把那個奇怪的想法搞懂也就行了。」檢察官愉快地想著，這是他自從接手這件案子以來，第一次覺得自己好像已經接近破案的邊緣了。

＊＊＊＊＊

對於事件會有這麼迅速的變化，就連曲美鈴自己也感到非常意外。

在她原先的計畫中，「陳姐」的出面喊冤，甚至很快地被檢方收押，都在她的料想範圍之內，原本她還預計「陳姐」應該會有一段抗壓期間，然後在事件慢慢陷入膠著狀態之後，她便忽然「發現」自己的手機也遭人設計竊聽，然後告訴檢方，手機是陳冠玉當做生日禮物送給她的。這樣一來，檢方根據時間點還有她所提供的線報，應該不難查出負責裝設偷拍器具的就是「全民公敵」公司，再清查「全民公敵」的往來情形，就可以將偵辦的矛頭鎖定在卓文亮的身上。

從偷拍錄影帶的風聲傳到她的耳中之後，她便一直在積極地找出誰是幕後的眞正主使者？以及自己被監控到何種程度？她不動聲色地秘密請業者幫她逐一檢測身邊的物品以及住家，發現住家已經沒有偷拍器具運作的訊號，但手機與座車上卻都還有這樣的訊號發出，憑著這幾點，她早就已經確認「陳姐」絕對是密謀偷拍她私密生活的犯人之一。

問題是，還有誰是「陳姐」十面埋伏的共犯呢？如同之前所說的，她將卓文亮與警政署督察林建群列爲頭號的嫌犯，其中又以卓文亮的嫌疑更大一些，因爲她很清楚卓文亮除了感情這個動機之外，還有其他讓他想要報復自己的理由。更重要的是，只要主謀就是卓文亮，社會大衆對她的同情必然更爲加深，對她的復出大有好處。但是，這終究只是邏輯上的推斷，確實的證據，她卻一樣也沒有。

就在她苦惱不知道該怎麼樣才能夠讓檢方去調查卓文亮，又不會讓卓文亮覺得這是她主動要求的結果時，忽然間，她想起當兩人表面上感情還維持融洽的時候，卓文亮曾經委託人在辦公室裝設竊聽設備，依稀記得那家公司的名稱似乎叫做「全民公敵」。而當她透過業者去查詢裝在自己車上的監聽器材貨物批號後，很快就確認這批監聽器材確實屬於「全民公敵」公司所有，這樣一來，所有的線索就連接在一起了。

瞭解這樣的連帶關係後，曲美鈴心想或許到現在也還有人監聽她，而她也完全當作不知道有這些竊聽器，繼續按照正常的作息程序讓對方錄音，只是有時候眞正重要的談話，會刻意的避開，有時還故意傳遞一些假訊息給對方，藉此混淆對方的判斷。在她的設想中，對方應該完全不知道竊聽設備已經被她破獲，而這也就是她要勝過仍然躲在暗處敵人的最好方法。

可是，正當她在暗中部署，準備等待時機付諸行動的時候，那個「全民公敵」的老闆卻忽然自己跑了出來，不但向檢方承認一切，將所有裝設偷拍或是竊聽器材的位置一五一十全盤托出，就連曲美鈴也不知道卓文亮曾經親自陪同陳冠玉到「全民公敵」去訂購器材這件事，老闆也坦承不諱。這樣的結果雖然仍會讓一般民衆對她寄予同情，但相對的就不如她自己營造的那麼容易掌控。

尤其令她擔憂的是，這位老闆明明和卓文亮私交不錯，為什麼會在這個時候主動出面說明呢？難道是背後還有她完全不瞭解的人物在掌控操盤？

「這究竟是怎麼回事呢？是不是有人已經開始了某種動作，這個人是不是就是卓文亮？」曲美鈴越想越迷糊：「可是無論怎麼想，這樣做除了讓卓文亮提早曝光，對他實在一點好處也沒有啊？如果這個幕後操縱的人不是卓文亮，那又會是什麼人？為什麼我怎麼樣也想不起有這麼樣的一個人呢？」

＊＊＊＊＊

曲美鈴的直覺一點也沒有錯，在檢方這一連串順利進展的背後，確實有人在暗中計畫操盤，這個人就是那位神秘的「主導者」。

同一個秘密的地方，聚集了同樣一批神秘的人，這些人談話的主題，居然和曲美鈴以及檢察官相當一致，也是在探討最近出面「自首」的「全民公敵」老闆所說的供詞。「事情怎麼會這麼快就牽扯過來了，這眞是太令人意外了。」那位沈不住氣的瘦子等不及大家坐穩，就搶著將話脫口而出。

中年胖子也搖了搖頭，嘆息說：「老闆這下子可就麻煩了，如果沒有意外，檢方可能很快就會約談老闆，要是因爲這件事情把老闆扯進去，那我們大家都可能要跟著倒楣了。」

看著胖瘦兩人長噓短嘆的模樣，主導者卻只是淡淡地微笑，轉過頭去問那位微胖的中年人：「林建群那邊還有沒有什麼新的情報可以告訴我們的？」

微胖的中年人正在喝著咖啡，伸出手示意要主導者等他一下，把咖啡嚥入喉嚨深處後，他才不疾不徐地說：「我來之前他才通知我，說檢方現在已經研擬好對策，準備約談老闆了，消息應該下午就會傳出來了。不過，這次約談應該會相當客氣，因爲檢方手上唯一的證據，就是『全民公敵』老闆的一句話罷了。」

胖瘦兩人有些訝異地瞧瞧主導者，又看了看再度拿起咖啡的中年人，還是瘦子搶先說：「看你們一副胸有成竹的樣子，到底你們最近掌握了什麼新的狀況？拜託你們告訴我吧，免得讓我整天提心吊膽。」還誇張地做了個拜託的手勢，表示自己已是熱鍋上的螞蟻。

「好吧！老實告訴你們，現在一切應該都還在我們的控制當中，只要沒有太大的意外，短期間內我們應該都不會有危險。」主導者微笑地說：「我知道大家都對這次『全民公敵』老闆說出我們老闆和陳冠玉一起出現在他們公司的事情很緊張，不過我要請大家放心，因爲這根本就是我要『全民公敵』的老闆主動說的。」

聽到主導者的說法，幾個人全都愣住了，就連那個看來最神定氣閒的微胖中年人，也嚇了一跳，弄不清楚主導者葫蘆中究竟賣的是什麼藥？主導者也知道大家全部都不能理解他爲什麼這樣做，所以直接解釋說：「陳冠玉被收押的非常迅速，當時就讓我覺得事情可能就要糟糕，因爲我根本還來不及打聽出陳冠玉手中到底還有些什麼東西？自然也不清楚她這一進去會有什麼後果？」

「爲了弄清楚眞實的情況，我就叫他（指了指微胖的中年人）去找林建群，理由是他們以前就有些交情。結果我們這邊才稍稍透露一點口風，林建群自己就急了，他比我們還擔心陳冠玉進去以後的後果，因爲陳冠玉有一大半的資料來源，就是這位林老兄，而林老兄和陳冠玉純粹是因爲痛恨曲美鈴才聯手，之前並沒有多深的交情，所以他很怕陳冠玉在裡面一個不小心，就把他也拖下水去。」

聽到這裡，瘦子忍不住還是打斷了主導者的話，不過卻是問微胖中年人：「你告訴他些什麼？不會是把我們的事情都說出來了吧？」

微胖中年人笑著說：「何必我告訴他？他早就知道大致的狀況，他之前和陳冠玉就已經蒐集了不少這方面的資料，作爲萬一曲美鈴要對付他們時候的護身符，只是沒想到偷拍這件事居然會是這樣的發展，結果讓他們這個護身符變得一點用也沒有。他甚至告訴我，如果我不去找他，他就要來找我了，因爲這幾天報上已經有人點名高階警官，他很怕自己也被人監視，所以急於要找一個靠山。」

「那他們究竟知道多少呢？」瘦子還是不放心，繼續追問著。微胖中年人皺了皺眉頭，回答說：「不能算很多，也不是很少，如果眞的全部揭發出來，我們還是都會有事。但現在他們自己也在害怕，因爲他們自己也有涉入這件事，當初他們只是想把這個作爲嚇阻的工具，讓曲美鈴不敢動他們，但是現在要動他們的是檢方，他們要是這時候公佈出來，曲美鈴與老闆固然要倒楣，他們自己也不會好過。」

主導者有些不耐煩，等微胖中年人一說完，就接著說：「反正林建群現在和我們是在同一條船上就對了，他願意提供給我們一些檢方那邊傳過來的情報，而我之所以會決定要『全民公敵』老闆將我們的老闆咬出來，也是因爲林建群給我們的情報。」

「陳冠玉的事情發生沒多久，『全民公敵』的老闆就很緊張地跑來找我，說他已經聽說有同業在調查他，問我應該怎麼辦？我問林建群這是什麼情況？林建群分析說很可能就是曲美鈴那邊已經發覺了這件事，所以才找人去查器材的來源。他還說，假使到現在當初裝的偷拍或是竊聽設備還沒有拆掉銷毀，那麼檢方只要一找到這些東西，馬上就能夠利用貨品序號查出進口商與購買者，『全民公敵』可以說是一定跑不掉了。」

主導者點起一支煙，繼續說：「當時我就在想，如果曲美鈴已經知道自己被監聽，爲什麼卻一直沒有什麼反應？也沒有將這些線索報告給檢方呢？我想來想去，最有可能的情況就是曲美鈴是故意讓這些監聽設備繼續留在她身邊的，至於目的應該就是要讓監聽她的人上一個大當。我猜，陳冠玉之所以始終拖拖拉拉不肯離開台灣，而且不相信自己早就被曲美鈴懷疑，應該就是誤信了監聽來的假消息的緣故。」

「很明顯的，曲美鈴絕不可能永遠不把這個重要證據提供給檢方，而她現在又托人來查『全民公敵』，很可能就是知道了老闆和『全民公敵』的關係，故意要將這個監聽器材留下來，在適當的時機提供給檢方，然後順理成章地嫁禍給老闆。我考慮了很久，到了這個時候，老闆即使全面否認和『全民公敵』的關係，檢方也能夠查得出來，與其到時候難看，不如一開始就把目標導向自己，反正老闆從頭到尾都沒有實際參與這件事情，檢方要查出什麼事情也都不太可能。而且越早讓民眾聽到這個訊息，只要後續沒有新的東西可以炒作，大部份的人都會淡忘這些事情，這樣對老闆的好處反而比較多。」

他一口氣說完，順手將煙蒂擲入煙灰缸中，馬上又點起另外一支煙，深深吸了一口後，他緩緩說：「林建群說他曾經看過陳冠玉手上有關於我們的事情的證物，但是現在已經不知道跑到哪裡去了？林建群不知道是說眞的還是說假的？但是都值得去試探看看。另外，我們也要從陳冠玉大女兒那邊下手，她的大女兒年紀也不小了，或許她媽媽有交代她一些事情也不一定。」

＊＊＊＊＊

檢察官以爲既然有「全民公敵」的老闆與伙計指認陳冠玉就是出面要求裝設器材的人，那麼就算陳冠玉仍然嘴硬不肯承認有幕後共犯，至少也對自己涉案無從抵賴了吧？誰知道，就算知悉自己的謊言都被拆穿，但陳冠玉仍然死硬到底，就是一口咬死自己完全和案情無關，監視器材是曲美鈴自己要裝的，這種頑強的態度，讓輪班對她偵訊的人員直呼吃不消，一時之間也實在無法可想，只有盼望她很快就受不了被羈押的生活，從而對檢警透露實情。

陳冠玉顯然並不是很能夠適應苦日子的人，沒有兩天，她的臉色就變得相當憔悴，體力也逐步下降，就在檢警以爲她就要瀕臨「崩潰邊緣」的時候，陳冠玉忽然又透過律師表示，由於該說的話都已經說了，從今以後她要行使「緘默權」，不再回答任何問題，這個絕招施展出來之後，檢方對她更是一籌莫展，幾乎就要認爲唯一能夠釐清案情的作法，就只有繼續清查陳冠玉的通聯記錄了。

不過，牢獄生涯對一個人的精神狀況造成的強大壓力，有時是很難想像的，一次當偵辦人員又再對她重複做筆錄的時候，陳冠玉忽然從口袋中的小筆記本上撕下幾頁，直接塞到嘴中咀嚼。這個舉動當然嚇壞了在場的人員，幾個人趕忙上前將她拉開，其中一個人好奇地翻了翻那本筆記本，卻發現這本簿子竟然是一本政商與媒體名人錄，數十位在各界舉足輕重的人物赫然列名紙上，而和媒體相關的人名更多，包括各雜誌、報紙、電視台的人員，從記者到總編輯，堪稱琳瑯滿目，令人目不暇給。而再翻數頁，更可以看到許多的日期、記號，以及令人難以索解的註記。

「這不會就是她和外界接洽販賣偷拍光碟的記錄吧？」想到這裡，這名人員以最快速度將這本小冊子送到檢察官的手中，檢察官心想，這本小冊子既然隨身攜帶，那麼其他的重要證物也可能就在她身邊！經過一番搜索後，果然在她的皮包中發現一卷可疑的錄音帶，於是在第一時間內將帶子送去判讀，希望能夠從這裡找出破案的重要關鍵。

同一時間，數家光碟印製公司忽然不約而同地主動向檢方表示，陳冠玉在幾個月之前就曾經向他們兜售過「曲姐性愛光碟」，但他們都基於道德與法律因素予以嚴拒，其中陳冠玉還曾經不死心地向同一家公司洽談過三次，直到對方明確表示：「我們不接這種生意。」才打消了這個念頭。

而也幾乎在差不多的時間，對媒體追逐感到厭倦，甚至一度發火的卓文亮終於決定現身，和檢方約定時間到場密談，這種戲劇性的發展又將「曲姐性愛光碟」疑案帶往另一個新的高峰。

第六章 連鎖

「還有，這是我銀行保險箱的鑰匙、提款卡、存摺和密碼，萬一媽媽回不來了，妳就要找機會趁別人不注意的時候到銀行去，把保險箱裡面的東西拿出來，裡面除了一些現金之外，還有一盒東西，妳放心，那盒東西不是什麼偷拍母帶，只是一些資料……一些可以保命的資料。」

「喂！你們到底在搞什麼鬼啊？你這樣做要我對廣哥他們怎麼交代？」就在「曲姐性愛光碟」事件高潮迭起的時候，一天，一位週刊記者的手機鈴聲忽然響起，剛一接通，就聽到了這樣氣急敗壞的聲音。

「什麼啊？你在說什麼？」記者故意裝作聽不懂的回應著，對方卻不理會他的佯裝，仍舊自顧自的說：「你不要跟我裝糊塗了，你知道嗎？我都已經跟人家談得差不多了，廣哥他們已經付定，好不容易就要成交了，你們這邊卻把東西全部傳出去了，你這樣要我怎麼對廣哥交代？你要知道，買家那邊還有三組的人，萬一到時候把他們惹毛了，讓他們反咬一口，我告訴你，不僅我會有事，你的日子也好過不到哪裡去，至少你在媒體這一行就不要混了。」

電話那頭幾近咆哮的聲音，使得手機的擴音喇叭發出難聽的滋滋聲，頭皮已經發麻的記者爲了制止對方的繼續發飆，只好明白地講：「你瘋啦！現在是什麼時候？這種問題可以在電話裡說的嗎？你現在先忍耐一下，晚上我們在老地方碰面再說。」這名記者心中已經打定主意，要是對方還要繼續囉嗦，就乾脆掛電話關機，以免惹來更大的麻煩。

而這番話還真的有點效果，原本即將破口大罵的對方，一下子就恢復了冷靜，只是心情似乎尚未完全平復，還有些急促的呼吸聲；大約停滯了三、四秒後，他沈聲說：「好啦！晚上我會晚一點到，反正我們不見不散，記住了！不見不散。」

到了晚上11時許，在一個秘密的小酒館中，幾個看來就不太正派的人物一邊有一杯沒一杯地喝著酒，一邊低聲地交談著。忽然，門口走進一個背著電腦背包的三十多歲男子，和其中一人打了聲招呼後，就自行找了個位置坐下。

「我們已經忍耐了好幾天了，現在你應該給我們一個合理的解釋了吧？」坐在靠角落的位置，一個模樣還算斯文、說話卻顯得粗聲粗氣的年輕人說：「你如果不是耍我們，就把整個事情明明白白地告訴我們，否則今天你就不要想從這裡走出去。」

年輕人一開口就透露出恐嚇的意味，最後才到的男子聽到這麼不客氣的質問，眉頭一揚，準備針鋒相對的時候，坐在年輕人身旁的一個大約四十歲左右的人打圓場地說：「不要這樣說，我和小徐認識很多年了，他不會是這樣的人，何況，現在事情已經發生了，錢也已經賺不到了，目前最重要的是大家商量一下會不會有什麼後遺症？不要偷雞不著蝕把米。」說著他又對著那位最後進來的「小徐」說：「小徐，到底是怎麼回事，你也應該解釋一下吧？要是就這麼不明不白地過了就算，我對我的兄弟也很難交代。」

小徐點點頭，伸手喝了一大口酒，點上一支香菸，才慢慢地說：「坦白說，我也並不完全清楚究竟是怎麼回事？當初事主託我幫她找買家的時候，她很明確地告訴我只有我這一家才有最完整的東西；我曾經問過她是否有給過別的媒體？她雖然沒有否認，但也強調別人的東西都只是剪接的部份，相當的不完整，根本不能當作產品販賣，就算眞的流了出去，也只是幫我們打廣告罷了。這點我當時也和廣哥提過，廣哥也認爲沒有關係。」

那位四十歲左右的廣哥點點頭，一旁的年輕人嘴唇動了動，但最後還是忍住沒有說話，

「小徐」接著說：「後來廣哥這邊說有買家，我也確實和事主那邊回報了，事主那邊的反應相當不錯，只是希望我們這邊盡快搞定。我催過廣哥幾次，但買家不是臨陣退縮，就是對價錢還有意見，到最後事主已經很急，要我們這邊一定要快點決定，否則她就要轉到大陸那邊脫手。還是我一直對她說大陸那邊價錢一定很差，她又對大陸不熟，很容易被坑，事主才暫時打消了這個念頭。」

「前一陣子有媒體在報導這件事情，廣哥那時候也問過我是怎麼回事？我聯絡事主後，她承認說這些消息和資料確實是她主動提供給媒體的。我曾經對廣哥說過，事主一開始重點就不是要錢，而是要對付那個女人，之前我曾經親眼見到有人開價120萬向她買，但是她一懷疑對方是那個女人的朋友，就說：『如果你是要幫她的話，就要用三倍的價錢來換。』所以她會提供給媒體，我想也並不奇怪，只是這樣當然對我們的生意有影響，當時我還埋怨了她一頓。好在市面上並沒有流傳，所以廣哥和我研究之後，覺得事情還是可以做，但是動作要快，因爲沒過幾天一定就會傳得亂七八糟了。」

廣哥接口說：「可是我也和你說過這些東西不能夠再流出去了不是嗎？因為那時候我們手上這個買家已經差不多成熟了，結果又怎麼會傳到那家雜誌社手上去呢？」

「小徐」沒有直接回答，又喝了口酒，並且將自己的酒杯添滿，才繼續說：「我想那應該是意外，因為媒體報導沒過幾天，立法院裡就傳得滿天飛，我當時就告訴你（指廣哥）事情要糟糕了，後來那家雜誌社搞什麼隨刊附贈光碟，我還立刻打電話給事主，問她怎麼會弄成這樣？她說她也搞不清楚，我還特別問她是不是她給雜誌社的，她告訴我：『我哪可能做這種事？所有人都知道這家雜誌社和那個女人的關係很好，我還不至於笨到自己送上門去吧？』所以我想，可能雜誌社也是從立法院那裡輾轉弄到手的。」

他停了會兒，忽然笑了笑說：「其實，我現在還有點慶幸事情沒有作成，你們想想看，那個時候廣哥找了幾個買家，幾乎都是台中那邊的地下集團，後來好在有人出面阻止沒有談成，否則現在查得這麼嚴重，我們大家豈非都要跑路？我想三組的人現在因為我們這邊出了狀況，當然心裡很不爽，可是如果我們眞的成交了，到時候在市面一流通，萬一那家雜誌社又這麼蠻幹，那他們非倒大楣不可。這個環節他們一定也想到了，只是口頭上對我們埋怨，希望我們覺得欠他們一個人情。」

在場的幾個人想了想，覺得這種想法也不無道理，年輕人的火氣也消了不少，還舉起酒杯和「小徐」乾了一杯酒。廣哥夾了點辣椒小魚放到嘴裡，邊吃邊說：「小徐，你那邊消息比較靈光，這件事情我們應該不會有後遺症吧？」

或許是喝了點酒，「小徐」說話的聲音也大了起來：「我正要跟你們說這些事情呢！據我們的瞭解，這件案子表面上只是單純的爲了感情或是財務糾紛，所以才偷拍報復，可是實際上，這件案子牽扯的層面相當廣，那個女人的底子很不乾淨，聽說檢方現在正在頭痛要不要朝這個方向偵辦。」

不知道是喝了酒信口胡謅？還是眞的知道獨家內幕？只見「小徐」口沫橫飛地說：「檢方調閱過那個女人家的大樓監視錄影帶後，發現許多政商名流都出入那個地方，而且次數相當頻繁。爲了弄清楚這些人究竟和那個女人有什麼樣的關係？檢方還特地清查了那個女人的通聯記錄，結果發現洋洋灑灑，至少牽連二、三十個重量級人物。」

「還記得那個女人的筆記曝光的時候嗎？」「小徐」越說越興高采烈：「上面曾經提過不少名人給過她金錢的支援，可是奇怪的是，檢方清查過那個女人所有的帳戶後，卻發現沒有這些金額出入的記錄，而且更詭異的是，她以前的男朋友金額進出的記錄也很不正常，兩個人都好像從來沒有什麼開銷一樣，而那些別人資助的金額也都不知道跑到什麼地方去了？」

「你是說他們串謀洗錢嗎？」一個在座始終不發一言的中年男子忽然開口說：「我好幾個朋友在桃園縣園區裡開設工廠，他們都說卓文亮當縣長時要錢要得滿凶的，可是這次有媒體查出他的財務狀況，居然會這麼窮，我一直覺得相當奇怪。」

喝得滿臉通紅的「小徐」笑笑說：「不只你覺得奇怪，檢方也覺得很奇怪，按理說那個女人和卓文亮相比，無論是年齡、資歷，還有所掌握的A錢機會，怎麼說都應該是卓文亮比較有錢，可是曲姐的財產卻遠比卓文亮多得多，尤其是曲姐和卓文亮發生戀情之後，原本沒什麼錢的她忽然財產暴增，而且幾乎只進不出，這裡面似乎有很大的玄機。」一開始「小徐」好像還怕隔牆有耳，一直以「那個女人」稱呼曲姐，但酒喝開了之後，也就不再顧忌那麼多了。

又喝了口酒，「小徐」點起煙，繼續分析：「但是等到曲姐去桃園當新聞處長的時候，她的財產忽然又靜止不動了，而且不只她是這樣，連卓文亮的帳戶情形也是這樣，檢方到現在還沒有任何證據可以起訴他們，但是檢方懷疑他們除了感情上的問題外，最大的交惡原因恐怕就在這個地方。傳說中曲姐好像是幫忙卓文亮洗錢，但是後來卻黑吃黑硬吞了卓文亮好幾千萬；卓文亮這些錢除了一部份是自己的外，還要分給他好幾個部屬，這些人當然不甘心好不容易冒險得來的錢就這麼被曲姐老實不客氣地吞到肚子裡，所以才會密謀計畫要報復曲姐。」

「不會這麼複雜吧？」先前脾氣火爆的年輕人這時已經有些醉意了，瞇著眼睛望著「小徐」

不服氣地說：「現在不是只有那個什麼陳冠玉一個人被抓嗎？而且不管是光碟工廠還是徵信社的人（其實是監視器材公司，年輕人弄錯了。），都說就是那個陳冠玉幹的，頂多還有卓文亮當幫凶而已，事情有像你說的那麼誇張嗎？」

「我又不是活神仙，我也只是猜猜而已。」「小徐」無所謂地回答，跟著不管年輕人的夾纏，還是講他的故事：「卓文亮和他的部下都耳聞曲姐的私生活很亂，既然直接挑明『洗錢』的事情鬧翻，大家都會倒楣，曲姐在社會上又有相當的知名度，如果動用黑道關係，恐怕後果很難收拾，所以他們就想從『性』這方面去找曲姐的麻煩，想辦法逼曲姐把錢吐出來。但是曲姐很會說謊，卓文亮又和她已經分手，完全沒有掌握她行動的能力，所以就想找一個曲姐身邊的人來幫忙做這個臥底的工作，而陳冠玉自然是最好的人選了。」

時間已經過了凌晨三點，小酒館老闆看看沒有什麼生意，乾脆拉上鐵門，讓這一些人能夠盡情聊天，「小徐」跟老闆要了杯水，想了想又說：「其實這件事情我還有幾個地方想不通，第一個就是陳冠玉究竟爲了什麼要這樣做？」

他又思索了一陣，但覺得腦筋好像已經被酒精裝滿，只能反射式地說著：「我和她接觸的時候，她一直說是因爲曲姐和她的老公有不清不楚的關係，氣得她才想要在曲姐房裡裝針孔攝影機抓姦，沒想到卻意外拍到了周世茂和另外一個男人和曲姐做愛的鏡頭。爲了報復曲姐，她才想把這個事情公佈出來，至於希望能夠獲得一點點好處，也是希望出國後能夠有一筆安家費讓她暫時運用，所以她的期望也不高，只要有兩萬美金左右也就夠了。」

說著說著，「小徐」已經有些大舌頭了：「但是後來事實證明，她的老公不但是外國人，而且早就和她離婚，她現在自己獨力扶養兩個孩子。坦白說，如果陳冠玉不是爲了感情因素，我實在不清楚她有什麼理由要這樣做？如果眞的是爲了感情的問題，那她的『老公』又是什麼人呢？」

這個時候，旁邊除了那個年輕人外，已經沒有幾個人在聽「小徐」的「臭蓋」了，而酒意濃厚的「小徐」這時也不像是在和別人聊天，反倒像是喃喃自語地說著：「再來就是既然已經成功偷拍到了曲姐的性愛畫面，爲什麼不直接向曲姐勒索，反而要用這種損人不利己的方式來公開呢？何況陳冠玉曾經說過她爲了拆掉針孔攝影機，曾經四處拜託人，後來沒有辦法才自己去拆，從這個方面看來，好像背後有集團在支援陳冠玉的說法也不通啊？」

他喝了口清水，又想了想：「可是我記得很清楚，陳冠玉確實和我提過她手上握有曲姐洗錢的證據，而且還有一個姓林的警官在暗中幫忙她，如果這些都是事實，那麼這到底是怎麼一回事呢？」頭昏腦脹的他已經沒有分析組合的能力了，看著對面年輕人也昏昏欲睡的眼神，他忽然大笑了起來，拍了拍年輕人的肩膀說：「管他媽的！反正好在我們什麼事情也沒做，現在這些麻煩事情都扯不到我們的頭上來了。」

在他逐漸失去意識的頭腦中，忽然閃過一陣靈光：「如果陳冠玉的那個『老公』，就是卓文亮手下的重要人物，那這一切不是就說得通了嗎？」不過，在他還來不及仔細設想這個假設之前，他就已經完全不省人事了。

＊＊＊＊＊

「到目前爲止，應該還沒有媒體會認爲我和這件事情有任何重要的關係吧？」沈潛在家中數天之後，祝東光這麼自忖著；自從接獲「指令」後，祝東光一改先前頻頻接受媒體訪問以及上Call In節目的習慣，盡量深居簡出，聯絡的人也僅只限於幾個好朋友，可以說和幾天前的他有很大的不同。

這幾天，他除了偶爾通通電話之外，就是看報紙與電視研究這件偷拍事件的最新發展，每當媒體提到他和卓文亮的時候，他總是盡量仔細地瞭解，而當然，這其中難免有錯誤疏漏、甚至荒誕離奇的報導，這往往也會惹來他的一陣冷笑。尤其是許多媒體繪聲繪影地指稱卓文亮與陳冠玉有不爲人知的親蜜感情，每次看到類似這樣的「獨家內幕」，也總會讓他想要喝一杯珍藏的紅酒，然後開懷大笑。

「看來，所有媒體到現在還是認爲這個偷拍案最多就是曲美鈴、文亮和陳冠玉的三角關係，不容易再扯出別人了。」祝東光心想：「就算是檢方，恐怕也很難再找出什麼其他的證物，只要明天文亮出面和檢方交代清楚他的行蹤，這件案子就很難再和我們有什麼樣的牽連了。就算曲美鈴還想再怎麼把文亮拖下水，恐怕也完全沒有任何的施力點。」

對他來說，事情目前一切都很平穩，沒有什麼出乎意料的狀況，這種化險爲夷的功力，就連他自己也不得不佩服自己的判斷精準與佈局嚴密；現在，一切的關鍵就只在一個女人的身上，只要這個女人能夠閉上嘴，相信沒有什麼事情可以再威脅他了。

在微醺之下，他放了一段韓德爾的水上音樂，在悠揚的旋律當中，他半睡半醒地，好像自己又重新活躍在政治的舞臺上，享受那種掌握權力的滋味。就在樂團的合奏達到高峰時，他突然間按掉了開關，睜開眼走入浴室，看著自己的禿頭與越來越突出的眼泡，他不由得苦笑了起來：「不管怎麼樣，我不過是一個過氣的老頭子罷了，幹嘛還這麼看不開呢？」

＊＊＊＊＊＊

接到朋友打來的電話，曲美鈴確定了卓文亮即將接受檢方約談的消息，掛上話筒，她抱著枕頭，靜靜地思考局勢的演變。

「陳姐」已經被羈押了好幾天，看來沒多久她至少就會承認罪行了，而卓文亮也即將出面，雖然這不是她安排的結果，但至少也達到了她的目的，照理來說，該被牽扯出來的人都已經被牽扯出來了，她應該已經沒有什麼好不滿意的地方，應該繼續進行自己的下一步計畫了。可是，她的心中總有一種揮之不去的不安定感，似乎在什麼地方有一個她所忽略的細節，而這個細節將來很有可能會成爲她的致命打擊。

「是因爲我自己個性的關係嗎？」曲美鈴疑惑地捫心自問，她明白自己從小就缺乏安全感，在母親嚴厲的要求之下，她只瞭解人生就是要掌握金錢與權力才能生存，只要手上沒有這兩樣東西，生活就永遠不會快樂。所以她經常都會有種突如其來的恐懼感，即使在她最受社會歡迎，事業蒸蒸日上的時候，她也時常會在夢寐中驚醒，起來抓住一樣東西讓自己獲得慰藉。

但這次她非常清楚，這種感覺絕對和平常的狀況不同，因爲這種如影隨形的擔憂，是當監視器材公司的人員主動出面指認「陳姐」後才開始出現的。她後來雖然也曾經想到，或許是「全民公敵」的老闆聽到風聲，怕被別人檢舉，才早一步自行投案，以減輕檢方對他們的懷疑。但她卻始終覺得，理由應該不會這麼單純，「一定還有什麼我不知道的因素在裡面。」

翻開前些時候所列名的可疑人物名單，曲美鈴又陷入了長考當中，名單中的「陳姐」已然身陷囹圄，卓文亮也即將浮出臺面，祝東光這個人雖然明顯對她不友善，但暫時卻沒有辦法對付他，而周世茂這幾天不斷躲避媒體，並且極力向妻子請求原諒的過程雖然讓她有點傷心，但卻也證明了這個人應該也和偷拍案無關。

當初被她認爲應該存疑的朱復雄，現在仍然時常和她聯繫，媒體也經常詢問他和自己究竟是什麼關係？然而經歷過這許多事情之後，她更深切瞭解朱復雄不是能做出這樣子的事情的人。「他敢做，他更貪財，但是他根本沒有這樣的頭腦，絕不可能在事情發生這麼久之後，還能這樣子跟我相處在一起。」

算來算去，名單中就只剩下一個「林建群」了。林建群這個她小學副班長，在重逢認識後，倆人也的確纏綿了好一陣子，但自從她從政，陸續多了幾個知心朋友，倆人就愈來愈疏離。儘管他在床上表現的功夫並不差，人也長得還算可以（至少比卓文亮、祝東光都高明些），但不知怎的，隨著掌控慾的成熟，曲美鈴只要想起這個人，那初夜的矛盾情結就不自覺的燃心，幾乎令她作嘔，所以當雙方的情愫一旦褪色，她就立刻將其棄如敝屣，就算明知道這個人心胸狹窄，會挖空心思報復，也管不了那麼多了。

她知道林建群和「陳姐」彼此認識，也時常會在一起聊天，可是兩人之間究竟感情好到什麼地步？她卻不大了然，這倒不是「陳姐」蓄意在她面前隱瞞的結果，而是因爲她就是不想聽到關於這個人的任何事情，以致於雖然她一直知道林建群是有可能的涉案人之一，但卻始終不願去想這方面的事情。

「是到了要揭穿他的時候了嗎？」曲美鈴想著，卻顯然並不確定：「如果他眞的是幕後的主謀，當然不能讓他在外面逍遙過好日子，但是如果他也只是小魚小蝦，那我主動揭發，萬一到最後別人知道我連這樣的人也有過一段，豈非會更加瞧不起我？」曲美鈴畢竟還是個女人，所以還是會以女性的思考模式作決斷：「我想還是再觀察一段時間，如果眞的是他，到時候再作打算。」

也許是爲了替自己找藉口，也或許是眞的覺得事情不太對勁，曲美鈴還是覺得，自己一定忽略了很重要的人或是事物；她又重新將這幾年來所有的仇家思索了一遍，就連那位當年被她揭發弊案，至今仍官司纏身，甚至連媒體也懷疑過他的人物她也設想過了，總是覺得不是和這件事情毫無關係，就是最多只能協助犯案，而不可能是主謀。

「這個人會是誰呢？他一定對我相當熟悉，又很恨我，我卻對他沒有什麼防備的人。」曲美鈴想了半天，還是茫然毫無頭緒，最後只得信手在林建群的名字下面，又加上一個「×」來表示那位還沒有顯現蹤跡的藏鏡人。「算了，或許就在這幾天，檢方或媒體朋友就會幫我揪出這個人來也說不定？」曲美鈴自我安慰地這樣想著，然後將這張疑犯名單重新放回抽屜中，用鑰匙鎖上，以免再度重蹈覆轍。

*****

「在所有媒體的焦急等待當中，行蹤成謎、已經好幾天沒有出現的前桃園縣長卓文亮終於現身在台北地檢署了，但是在記者包圍想要請他發表談話的時候，他卻只簡短表示在約談過後會召開記者會說明，然後拒絕再回答任何問題，就直接進入檢察官辦公室，經過了兩個多小時，現在卓文亮即將在記者會上出面公開說明，本台將爲您做現場SNG轉播⋯。」電視中傳來這樣的播報聲，但左芳芳卻根本無心去觀看這場看似和她很有關係的記者會，因爲她現在還有更重要的工作等著去完成。

在陳冠玉被檢方迅速收押後，大女兒左芳芳雖然才剛剛成年沒多久，就已經被迫要負擔起她萬萬沒有料想到的沈重負擔。

「媽媽現在暫時應該還不會有事，但是爲了預防萬一，所以有些事情現在必須要和妳說清楚，否則我怕到時候妳會不知道該怎麼辦才好？」在陳冠玉準備主動對檢方說明之前，她忽然把女兒叫到面前，用相當嚴肅的口吻這樣說著。

經歷過這幾天新聞的疲勞轟炸，儘管不明白事情的眞相，但左芳芳也知道現在事態相當嚴重，母親一定會有很重要的事情要對她交代，所以只是點了點頭，就等待母親告訴她一切事情的始末。

只聽見陳冠玉用憐惜的眼光看著已經長大成人的女兒，慢慢地說：「我知道妳這幾天一定充滿了很多疑問，但是妳必須瞭解，爲了妳們好，有些事情媽媽還是認爲妳不要知道比較好。因爲萬一連妳也牽扯進去了，媽媽也不知道該怎麼辦了。」

摸了摸女兒的頭髮，她又接著說：「但是妳要相信媽媽，媽媽絕對沒有做什麼壞事，我只是做我應該做的事情，至於別人要怎麼說，那就由他們自己去說吧。」

「不過，有些事情妳一定要切記，如果媽媽還能順利回家，那就一切沒事，如果不能回家，妳要把弟弟照顧好，還要通知外公、外婆，這樣妳們才有依靠。」說到這裡，陳冠玉忽然放低聲音：「我給妳一本電話簿，上面有律師、媽媽的朋友還有一些媒體記者的電話，妳要好好收著，如果我不能回來，妳就要打電話和這幾個人聯絡，拜託他們幫忙，但是不必和他們說太多事情，如果他們問妳，妳就都回答不清楚就好了。另外，這裡是林叔叔和以前常到家裡的那個叔叔電話，他們兩個人妳可以信任，但也不要多說話，只要聽他們的安排就好。」

「還有，這是我銀行保險箱的鑰匙、提款卡、存摺和密碼，萬一媽媽回不來了，妳就要找機會趁別人不注意的時候到銀行去，把保險箱裡面的東西拿出來，裡面除了一些現金之外，還有一盒東西，妳放心，那盒東西不是什麼偷拍母帶，只是一些資料……一些可以保命的資料，妳只要把資料交給這個叔叔（她用手指指著電話簿的一個人名），告訴他這樣一段話（這時，陳冠玉湊在左芳芳的耳邊，用極輕的聲音說了幾句話。），剩下的事情妳都不必管，只要照顧好弟弟就可以了。另外，錢妳要省一點花，如果眞的沒錢的時候，也可以找兩個叔叔想辦法。」

這天，當所有人都在注意卓文亮將會說出什麼樣的驚人秘密的時候，左芳芳卻背著一個背包，悄悄地從同學家走出，利用附近便利商店前的公用電話聯絡到了那位叔叔，和那位叔叔約定了時間地點，以及傳遞東西的方法，然後就自行搭公車趕往目的地。

她首先去的地方是銀行，從保險箱中取出母親交代的東西，放進背包當中，跟著若無其事地走出銀行，搭計程車到了東區一間小咖啡廳，點了一壺花茶，順手拿起一本雜誌看了一下，不久就翻到關於母親與偷拍案的相關報導，她胡亂翻了幾頁，就將雜誌往桌上一扔，低頭喝著花茶。

不久，一個戴著毛線帽與黑色金邊墨鏡，拎著一個男用手提包的矮小中年男子也走了進來，他直接走到左芳芳的對面坐下，看看咖啡廳中除了老闆沒有其他的人，低聲問道：「東西帶來了嗎？」左芳芳點了點頭，看看老闆正走過來招呼，也沒有多說什麼，等到男子點完飲料後，老闆轉身離去，左芳芳就從桌子底下將東西遞了過去，男子先是有點發愣，在左芳芳用那包東西敲了他的膝蓋兩下後，他才會意將東西接住，很快地放入手提包中。

點上一根煙，插上濾嘴，男子一面悠閒地啜著沒有奶精與糖，煮得略帶焦味的曼特寧，一面問左芳芳：「妳這幾天過得還好嗎？有沒有什麼需要幫助的？」

如果是一般的女孩子，這時候一定會央求這位以前經常在家中出現的叔叔，希望他能夠伸出援手，拯救身陷牢籠的母親，但左芳芳雖然年紀輕輕，卻在母親的調教下，已經取得了心靈課程講師的資格，和一般涉世未深的少女截然不同。她察言觀色，看到男子接過東西之後的放心表情，還有表達關心時的神色，就知道這個叔叔雖然和母親關係密切，卻不見得真的肯盡力幫忙。所以她只是淡淡地說：「目前一切都還過得去，只是媽媽到現在還不能交保，讓我很擔心。」

「喔！我想應該很快妳媽媽就會被放出來了吧？『妨害秘密』又不是什麼嚴重的案子，應該不會再拖太久，說不定今天妳卓叔叔出面和檢方談一下，妳媽媽就能夠保釋也不一定？」男子雖然好像很熱心在幫忙分析，但話中純粹是空言安慰，口惠而實不至。左芳芳好像也並不在意，隨口說：「希望會是這樣吧？我相信媽媽什麼都沒有做，只是被人陷害的，叔叔你說是嗎？」男子聽了只是笑了笑，並沒有多說什麼。

兩人大約沈默了一、二分鐘後，男子試探性地說：「除了這件事情之外，妳媽媽還有沒有交代妳要做些什麼？或許我可以幫得上忙？」這次男子的眼神顯得好像比較誠懇，但是左芳芳仍然不理會他的試探，只是搖搖頭，裝作無辜地說：「沒有，除了這件事情之外，媽媽沒有告訴我任何其他的事情，她說我知道得太多對我不好，還不如什麼都不知道，這樣比較沒有人會找到我身上來。」她知道自己這樣說了之後，男子一定反而會懷疑她知道很多秘密。

果然，聽到左芳芳的回答，男子的眉頭微微皺了一下，但隨即笑著說：「對啊！這些事本來都跟妳沒什麼關係，是不應該讓妳知道，妳媽媽的想法很正確。」乾笑了幾聲後，男子又轉移話題說：「妳這幾天除了我之外，還有沒有和別人聯繫？林叔叔有和妳聯絡嗎？」

「沒有啊！我一個人都沒聯絡，只有打電話給你。」左芳芳好像心不在焉地回答，跟著指著雜誌的標題對男子說：「『偷拍案幕後疑有集團操縱，案情疑點重重』這些媒體記者究竟說的是眞的還是假的？叔叔你和媒體那麼熟，應該比較瞭解他們吧？」跟著注視著男子的反應。

男子想是有些侷促不安，先舉杯喝起咖啡，又假裝瞄了一下雜誌封面，然後搖搖頭說：「這些雜誌總是喜歡胡說八道，根本就和事實完全不一樣，而且這件事情的眞相到底是什麼？連我也弄不清楚，這些媒體又怎麼會知道？我看妳也不用管他們在說什麼，只要相信你媽媽就好了。」

說完這段話後，男子覺得面對這樣一個人小鬼大的女孩子讓他全身都不對勁，於是乾脆說：「妳還有沒有事情？我等下還有一個約會，可能要趕過去，妳是要搭我的便車？還是……。」話還沒說完，左芳芳就搶著說：「叔叔如果有事就先走沒關係，以後我要是有拜託叔叔的地方，會再打電話和你聯絡。」

既然左芳芳這樣爽快，男子也就老實不客氣地起身，拿起擺在桌角的帳單，準備付帳走人，他才剛提起手提包，左芳芳卻忽然說：「喔！對了，叔叔我差點忘了，我媽媽曾經告訴我，叫我一定要跟你說，我交給你的東西是副本，正本還在另外的地方，只有我媽媽一個人才知道放在哪裡，她說等她出來以後再拿給你。」

「什麼？」男子聽到左芳芳好像輕描淡寫的一句話，卻當場愣在那邊，不知道應該重新坐下？還是繼續走人？正當男子猶豫不決的時候，左芳芳卻站了起來，笑著對男子說：「叔叔，我還和朋友約了要看電影，時間已經快到了，那我先走了，有空再和你聯絡。」說完也不等男子回應，就自顧自地背起背包，出了店門三拐兩彎，消失在巷弄之中，留下男子一個人在咖啡廳內發怔。

當然，左芳芳並不是眞的去看電影，而是不想再看見男子的嘴臉，「媽媽，妳爲這個男人付出這麼多，可是他卻根本就不值得。」想到這裡，左芳芳的眼眶已經濕潤了起來。

這時，她恰巧經過一處家電量販中心，門口的電視音量開得相當大，藉以招徠過往的客人，只聽得電視裡傳來女主播敏捷而清晰的聲音：「今天下午卓文亮針對『曲姐偷拍性愛光碟案』召開記者會，各界均以爲卓文亮將會說明案情的疑點，並且淸楚答覆所有疑問。不過在記者會中，卓文亮卻只簡單強調自己絕對和偷拍案無關，也不知情，就拒絕再接受任何訪談，隨即匆匆離去。而檢方之後也傳出消息，認爲卓文亮對時間點以及案情都交代的非常明確，暫時已經排除他涉案的可能……。」

第七章 謎團

沒有刀光劍影，卻是招招致命，是財？是情？這究竟是什麼樣的謀殺案？……

唉，有這樣的好朋友，還需要什麼敵人！

在送走卓文亮之後，檢察官再度陷入了長考之中。本來，當監視器材公司的人員出面指證卓文亮陪同陳冠玉一起去接洽裝設偷拍器材的時候，他已經認爲卓文亮十之八九和這件事脫離不了干係。可是，當卓文亮終於親自對他說明整個案情之後，他卻又開始有了疑惑：「從他的通聯記錄以及行程看來，他或許知情，但卻絕對不會是參與行動的人，如果他才是主謀，那負責執行這件工作的除了陳冠玉之外，又還有些什麼人呢？」

從事件爆發起，他就一直相信這個事件絕對不會是陳冠玉爲了報復曲美鈴所做的單一事件，因爲他實在很難想像，如果僅僅是因爲曲美鈴說陳冠玉盜領存款這樣一件小事，陳冠玉有必要冒這種風險去做這樣一點把握都沒有的事情嗎？

何況，清查過陳冠玉的財務狀況後，他發覺陳冠玉雖然曾經自己開設公司，也是心靈課程中的知名講師，但從去年被人倒會七、八百萬後，陳冠玉的手頭便相當拮据，而要請人裝設偷拍器材並且花時間監控，必須要有一筆不算小的金額才能運作，如果背後完全沒有人幫助她，她又要從什麼地方得到這筆資金呢？

但是，從陳冠玉到案說明，一直到羈押後許多人出面檢舉，幾乎可以說由頭至尾都是陳冠玉一人所爲，看不出有其他共犯協助的跡象；而儘管媒體經常聲稱有許多不明男女曾經向他們兜售偷拍光碟或錄影帶，但查到後來不是信口開河，就根本是陳冠玉自己的化名分身。

陳冠玉偷拍曲美鈴的過程中是否有其他協助犯？目前尚難求證，但從翻拷、兜售、甚至主動向媒體提供資料，幾乎都是陳冠玉一人所爲，而即使在到案之後，從陳冠玉收藏證物的習慣，還有向媒體記者與各方神秘人物求援的事實來看，似乎陳冠玉就算是有共犯，這些共犯也並沒有非常支持她，至少在案發後已經盡量和她保持距離。「如果這個共犯結構這樣脆弱，陳冠玉也不是笨蛋，爲什麼甘願爲別人賣命呢？」

最讓檢察官難以理解的，就是假使陳冠玉後面有一個龐大的集團，那他們的目的究竟是什麼呢？曲美鈴雖然是一個擁有高知名度的政治人物，可是卻不是一個能讓別人有巨大利益可以圖謀的人，恐怕也很難招致別人強烈的憎恨，怎麼會有這麼多人要處心積慮地暗算她呢？「更奇怪的是，這些人還應該都是和曲美鈴非常熟悉的人才對，什麼樣的情況才會讓一個人被身邊這麼多人怨恨到要集體採取激烈手段報復呢？」檢察官想不出來，但至少可以肯定一點：「曲美鈴這個人，私底下作人一定不像她表面這麼和藹可親，至少真的不會是像她口中所說的清純玉女！」

和曲美鈴清查嫌犯的過程幾乎一模一樣，檢察官也信手用筆寫下幾個可能嫌犯的名字：開頭第一個，自然就是已經被關卻堅不吐實的陳冠玉，檢察官在這個名字後面附記：「偷拍執行人、販賣人，直接或間接的散佈人。」在想了一想後，檢察官又加上「左芳芳」這三個字，並且註記：「可能的協助犯。」

接下來，檢察官猶豫了一下，寫出：「卓文亮」這三個字，跟著又記錄著：「可能的主謀?案件導火線?知情不報?」然後有些掙扎地，又寫下「目前尚無任何證據。」字樣。

第三排的行列上，檢察官動筆如飛，快速地寫下隨刊附贈光碟的雜誌社名稱，該社創辦人、社長、特別助理以及採訪記者等人的名字，他還用星形符號特別加註：「散佈販賣色情光碟，濫用新聞自由，不知悔改，由此追查光碟販售管道。」等等指控的字樣。

「曲姐性愛光碟」是從立法院的記者手中開始流出的訊息，檢察官當然早就已經明瞭，但是如果眞的要從這裡來窮究源頭，一方面人數衆多不易處理，另一方面這些人不是大媒體的記者，就是民意代表的助理，甚至連民意代表自己也都是「幫兇」之一，這樣子清查下去，恐怕還沒查到一半，自己檢察官的位置很可能都會坐不穩。所以爲了避免「株連廣泛」，檢察官決定「只懲首惡」，要這家膽大包天的雜誌社將這個罪名一肩扛起，算是他們甘冒大不韙賺錢的代價。

緊接著，檢察官又寫下最初報導曲美鈴「淫亂穢史」的週刊，並且加上該週刊總編輯等人的姓名，然後明白寫著：「涉嫌協助嫌犯販售、散佈偷拍光碟，違反新聞職業道德，和嫌犯共同串供。」等幾句話，直截了當地說明了檢察官對這家週刊的懷疑態度。想了一想，他又寫上：「還有其他媒體。」來表示這樣的媒體記者可能不只一人。

然後，他又沈吟了幾秒鐘，第一次用不具名的方式寫出：「林姓警方高層人物。」其實，案發後不久，檢方便已經掌握這位林姓警官和陳冠玉頻繁聯繫的通聯記錄，最讓檢方肯定他必然和全案有密切關係的是，在檢方秘密監控左芳芳的行動中，清楚地顯示這位林姓警官也在陳冠玉被羈押後和左芳芳時常接觸，似乎正在協助左芳芳銷毀剩餘的證物。

而在清查這位林姓警官究竟和陳冠玉有著什麼樣的關係之後，卻赫然發現，這位警官和陳冠玉的交情也就罷了，但他和曲美鈴之間的關係卻極度耐人尋味；去年中兩人曾經有一段時間密切往來，但不過兩、三個月的時間，兩人忽然就斷絕了聯繫，偶爾有一、兩通電話，也都是夜半時分由這位林姓警官主動打電話給曲美鈴，而且總是說不到三十秒的時間便即掛斷。

「他是約曲美鈴外出後繼續進行其他行爲？還是兩人之間有發生爭執？」由於資料不足，檢察官很難揣測實際的狀況，但根據查訪部份曲美鈴身邊的人之後顯示，這位林姓警官確實曾經有一段時間可能和曲美鈴極爲親密，後來兩人忽然停止往來，會不會是因爲感情破裂？檢察官想著：「如果眞的是這樣，那麼他就有幫助陳冠玉犯案的動機；而且陳冠玉身邊那位對警方辦案與一些偷拍器材熟悉的神秘人物，也正好和他的身份相當配合。」

於是，檢察官在這位警官後面加上：「可能共犯，至今仍在提供犯人協助，嚴密監控，必要時予以收押。」畢竟，這位警官在警界的關係良好，檢察官也聽說他有不錯的後台背景，萬一約談他卻沒有具體事證，恐怕後果會很難堪，所以接著又補上一句：「非必要時，不可輕舉妄動。」

分析到了這裡，檢察官一時之間想不起還有哪些疑犯，索性翻了翻收集來做爲證物的雜誌，看看這些喜歡危言聳聽的記者們又有什麼看法，當他翻到一位記者猜測可能陷害曲美鈴的人時，提到：「在這次事件中，所有曲美鈴曾經得罪過的人，都成爲檢方眼中的嫌疑犯，尤其是當年被曲美鈴指控結合神棍妖言惑衆，騙取資金與政治資源的現任台南市長高錦祥，還有那位被指爲神棍的『教主』連五台，檢方都將他們列爲監控對象，讓這些人大呼冤枉卻又無法可想。」

「這個記者眞是我肚子裡的蛔蟲，連我想什麼他都一清二楚，下次再看到他，一定要好好修理他一下。」檢察官一面默記了這位倒楣記者的尊姓大名，一面思考著：「高錦祥和曲美鈴的官司早已勝訴，現在還反控曲美鈴毀謗，他應該不會無聊到去弄出這種事情來，至於那個連五台倒是有可能會這樣做，就算是他自己因爲到現在還在打官司，不敢輕舉妄動，至少他的那些弟子信徒，也可能有人會想要報復曲美鈴。假如讓這些人知道了陳冠玉的計畫，確實也有可能會給陳冠玉必要的協助。」

大約在五年多前，曲美鈴還是個初出茅廬的新科縣議員的時候，她曾經卯上當時炙手可熱的資深立委高錦祥，揭發他和「邪教教主」連五台聯手妖言惑衆、假宗教之名斂財的事件，這個事件讓曲美鈴迅速竄紅，也使得連五台從崇高的「教主」身份跌落谷底，雖然後來一切都查無實據，但爲了避免引發社會議論，到現在這個案子都還沒有審理結案，要說連五台等人會對曲美鈴恨之入骨，想要藉偷拍事件讓曲美鈴身敗名裂，倒也言之成理。

但是想歸想，到目前爲止，卻沒有任何一項證據能夠證明連五台等人和這件事情有任何關連，而且就算連五台的信徒有涉案，這些人第一、不可能是曲美鈴的朋友，第二、也沒有和陳冠玉結識很深的跡象；就算他們眞的曾經介入，但涉入的層級絕對不會很高。想到這裡，檢察官意興闌珊地隨便寫上連五台的名字，然後註記：「次要嫌犯，待查。」

想完了這幾個方向後，檢察官實在想不出還有些什麼人了？他又重新看了名單一遍，隱隱覺得這些人雖然都有可能涉案，更可能是主要犯人之一，但是這些人犯案的理由好像都不是十分充分，就連陳冠玉自己，也不必然具備主謀的所有條件。他始終認爲，一定還有他不知道的事情在背後影響整個事件的發展，他之所以會到現在還弄不清楚方向，就是因爲自己還沒有掌握到最關鍵的一點。

想到這裡，檢察官忽然想起在分別對桃園縣政府新聞處的工作人員訪談的時候，儘管所有人都一致譴責陳冠玉忘恩負義，卻還是有一個人意有所指地說：「其實她們兩個人會鬧到這種地步，很多人都不會覺得奇怪，因爲曲處長對陳冠玉的信賴實在是到了有點『那個』

的地步，她不但將所有一切的帳目都交給陳冠玉處理，就連公家的事情也有很多是由陳冠玉來做。要不是因爲知道曲處長人很善良、很容易相信朋友，還以爲曲處長是欠她的錢，還是有什麼把柄落在陳冠玉手中呢！」

也許這個人是故意透露這樣的訊息，也許只是無心的直覺感想，當時檢察官也沒有很在意這段訪談，但現在回想起來，這番話裡似乎暗示了一項訊息：「曲美鈴會和陳冠玉在不到半年的時間裡從陌生人變成形影不離的好友，而且好到將所有的事情都給她管理，連房子都借給她住，是不是這兩個人在共謀一些事情？到最後才會在一、二個月的時間之內就從好朋友變成不共戴天的仇敵呢？沒有刀光劍影，卻是招招致命，是財？是情？這究竟是什麼樣的謀殺案？……唉，有這樣的好朋友，還需要什麼敵人！」

陷入想像的情節當中好一陣後，走廊上匆忙的腳步聲將檢察官拉回了現實，他呆了一會兒，終於搖搖頭苦笑著自言自語：「我都是什麼年紀了？還在作這種偵探小說的夢？現實世界那有這麼誇張的情節？而且就算眞的是這樣，那又干我什麼事？」他看了看時間，已經到了晚上八點多了，於是他稍微將桌上的文件整理一下，就準備外出吃個晚飯，然後回來繼續工作。當他順手想將那張「嫌犯」名單揉成一團丟到字紙簍中的時候，忽然，他像是又想到了什麼，在名單的最後加上了「曲美鈴」三個字，然後又將這張紙放回文件夾中。

加上這個名字的意思是因爲他相信了陳冠玉的說詞，認爲曲美鈴也是嫌犯之一？還是說要仔細調查曲美鈴所有的對外關係？其實，檢察官自己心裡也十分模糊，只是他覺得這三個字就應該寫在這裡，至於爲了什麼？他相信自己總有一天能夠知道。

*****

檢方一連串的大舉約談行動，讓曾經接觸過「曲姐性愛光碟」的媒體之間風聲鶴唳、人人自危；「怎麼，妳還沒有被抓進去關啊？」「咦！妳不是被收押了嗎？」的話，已經成爲記者間最流行的問候語。有些喜歡惡作劇的人還會在打電話給記者朋友的時候故意說：

「喂！聽說曲美鈴那件事就是你幹的啊？」讓疑心生暗鬼的記者嚇出一身冷汗。

而一些傳言也紛紛在同業間傳開，有些社會記者從檢方那邊聽到一些風風雨雨，甚至立刻會「好心」地告誡其他同業：「你們現在最好少跟某某人接觸，聽說他就是第一個接到光碟的人，檢方現在已經鎖定他了。」

而不管自己究竟是不是檢方鎖定的對象，平日好大喜功的記者們現在一個個噤若寒蟬，不僅不敢再用行動電話高談闊論，就連公司的電話也盡量避免使用，有的人覺得老是用公用電話太麻煩，還特地利用人頭去買易付卡或是PHS手機，來度過這段媒體「言論自由」的黑暗期。

就在大家等待看著誰先倒楣時，檢方果然出招了，先是傳喚了隨刊附贈光碟的雜誌社，要他們供出光碟的眞正來源，不過這家雜誌社還算有骨氣，無論檢方如何威逼利誘，硬是堅稱自己是在光華商場花錢買的，弄得檢方無法可施，最後只好讓他們交保候傳。

第二個被檢方點名的，就是首先披露曲美鈴性愛生活的雜誌社，這家傳媒的總編輯親自到庭應訊，並且用含糊其詞的說法表示：「當初確實是一位女士以電話和我們聯絡，說要提供相關的資料給我們，但是我們沒有看過這位女士本人，無法確認她是不是就是陳冠玉。」雖然檢察官對這位總編輯的話也是只信三分，但因爲沒有充分證據證明他說謊，所以也只有暫時飭回，經過一番研商後，改用放話的方式讓這些老奸巨猾的媒體們不打自招。

衆所周知，不僅各媒體間競爭激烈，就算是同一體系的記者間，也往往有「互相吐嘈求進步」的傾向，嘴上說媒體間以和爲貴，沒有實質證據盡量避免對同業說長道短，然而私底下許多人都在等待機會，只要時機一到，就一舉整垮對方。像之前陳冠玉投案時陪同她出面接受偵訊，做到獨家新聞的報社記者，後來就被敵對報系狠狠修理了一頓，說他：「破壞偵察不公開的原則，創下媒體企圖協助嫌犯潛逃國外的先例。」

檢察官經常和媒體打交道，自然也深知這些記者先生小姐的惡習，於是，他便利用記者想要獲得獨家新聞的心態，有意無意間對部份媒體透露案情的最新進度，這些「突破性的發展」有些是眞、有些是假，每次檢察官「不小心說漏嘴」的時候，總是會耳提面命，告誡記者們千萬不能洩漏出去，「到時候讓嫌犯跑了，妳就要負責幫我抓他回來。」但是記者們一旦獲知訊息，總是照單全收地如數刊登，這樣一來，各種流言斐語自然滿天飛舞，新聞內容固然一天比一天精彩，但是每天新聞都推翻舊聞的現象，也創下了中華民國新聞報導的奇觀。

其實，記者們當然不是不知道檢方根本就是將他們當作利用的工具，可是當別家每天都推陳出新，又有最新的「秘密證人專訪」、「深入獨家報導」的時候，面對激烈的競爭與長官的督促，記者們也只好囫圇吞棗地撿到一個是一個，縱然明明知道是胡言亂語，也只好當作「驚人內幕」來報導。反正新聞一天一次，昨天幻想與瞎掰並用，只要今天理論和實際兼具，健忘的民衆們也就不會太過在意了。

當然，檢方之所以要這樣亂放消息，並不只是單純地爲了混淆外界的視聽，而是有另外的深刻目的。因爲檢方到現在唯一能夠認定的，就是媒體當中有人參與陳冠玉的散佈販售行動，但是究竟有多少人？參與的程度有多深？檢方還是很難確定，所以希望藉由這種「打草驚蛇」的方式，讓這些參與的媒體人士不打自招。

而還有一個更重要的目的，就是在不斷的放出風聲之中，觀察相關人士的具體反應，來找出究竟還有哪些人眞正是陳冠玉的共犯？以及這些人集體犯罪的眞正原因。

*****

在同樣的秘密聚會中，主導者顯然沒有像之前那樣胸有成竹了；連日來新聞媒體每天都有最新發展，並且有些報導更直指陳冠玉之女左芳芳也被檢方懷疑可能是共犯之一，還說有許多「神秘人士」和左女頻頻聯繫，企圖湮滅證物，檢方已經不排除在近日內約談左女。這樣的消息讓主導者心驚膽顫，覺得如果不趕快有所行動，很可能自己的處境會變得相當危險。

「大家都看過這幾天的新聞了，有沒有什麼看法？」主導者一坐下來，就立即詢問在座的幾人，而在座的人面面相覷，似乎沒有人想要主動發言，於是主導者也不想等待，開始說：「我想大家應該都已經瞭解，我們從左芳芳的手上並沒有拿到關鍵的證物，只拿到了證物的副本。這應該是陳冠玉警告我們的手段，要讓我們知道如果我們不幫她，她就有可能把我們都抖出來。」

看看所有人都屏息等待他繼續說下去，就連喜歡喝咖啡的微胖中年人，今天也沒有泡上一杯咖啡，他像是對團體的「危機意識」感到滿意，點了點頭又說：「我曾經和左芳芳接觸過幾次，這個小女孩相當難搞，口風也很緊，很難問出什麼東西，而且她還明白告訴我，東西的正本被她媽媽藏在另外一個地方，可見這些證物現在也不在陳冠玉的身邊，否則檢方早就已經搜出來了。現在問題的重點有兩個，一個就是怎麼樣才能把東西弄回來銷毀？另外一個就是，萬一左芳芳也被檢方收押，陳冠玉會不會因此和檢方合作？將我們的事情全部抖出來，作為交換減刑的代價？」

「你覺得我們應該怎麼做比較好呢？」性急的瘦子明知道現在氣氛相當凝重，但還是忍不住搶先說：「我這一陣子根本都不敢有任何動作，就連來這裡開會也緊張兮兮、生怕有人跟蹤，這幾天的報紙好像已經慢慢要把我們幾個人都扯出來了，我真的不知道檢察官到底是從那邊得來這些訊息？是不是我們之間有人洩漏出去的？不然⋯⋯。」

主導者伸手制止了瘦子的發言，用沈穩的語調說：「現在這個時候我們沒有必要互相懷疑，檢方未必眞的知道我們的存在，他們或許是猜測？或許根本就是記者故佈疑陣，我們的重點還是在於只要把不利於我們的證據通通銷毀，就算有再多的謠言，也沒有人能動我們一根汗毛。」

他沈思了一下，然後接著說：「不管怎樣，至少現在老闆的嫌疑已經被撇清，所以他們要查到我們頭上來的機會是更加少了。而我們幾個人當中除了我之外，應該也還沒有人曾經被媒體注意過，這樣的情況都對我們相當有利，至少到現在應該還沒有人弄得清楚是怎麼一回事。」

「我聽說陳冠玉自己曾經找過不少媒體，而且有很多媒體在私下幫她販賣光碟，這些媒體聽說到現在都還有和左芳芳聯繫。」微胖中年人像是經過一番思考，雖然說得不快，卻沒有絲毫遲疑：「或許，我們現在可以盡量避免與左芳芳接觸，大家就裝作不知道這件事的樣子，作自己的事情，讓檢方將注意力集中到那些媒體記者的身上，這樣可能會比較好一點。」

主導者聽他說完，感嘆地接著說：「本來我的想法也是這樣子，可是當左芳芳交給我那份證物的副本後，我就知道我們已經很難不讓陳冠玉把我們和偷拍案掛勾了，無論我們再怎麼置身事外，只要陳冠玉自己去和檢察官自首她也是洗錢結構的一個環節，那麼我們所有人、包括老闆與曲美鈴在內，一個都跑不掉。」

瘦子還是按耐不住，有點氣急敗壞地說：「那我們能夠怎麼辦？證據現在根本就找不回來，又不能裝作沒這回事，當初是誰同意讓她去偷拍曲美鈴的？現在弄成這個樣子，到底應該怎麼做？難道我們還能去把左芳芳綁架起來，叫她把證物交出來嗎？」焦急之下，瘦子已經有點口不擇言。

主導者橫了他一眼，冷冷地說：「不錯，當初是我同意她去做這件事情的，但是你們大家不也都默許了嗎？後來看到帶子的時候，是誰在那裡自告奮勇說要把它拿去給媒體刊登的？現在事情爆發了，應該好好想解決的辦法，而不是在那邊怨天尤人。」

看到兩人開始產生衝突，胖子趕忙打圓場說：「大家不要吵了，現在這種時候了，自己人還起內訌，那不是雪上加霜嗎？」他試著將話題重新導回正途：「我看，不如我們再試著和左芳芳接觸看看，先想辦法弄清楚她究竟知不知道證物藏在什麼地方？陳冠玉的朋友不多，能夠讓她放心藏東西的地方應該很少，我猜不是在她弟弟身上，就是在她父母那邊，而且很可能這些人都不知道東西的內容，我們要取回證物應該不會非常困難才對。」

聽到胖子的分析後，有點冒火的主導者冷靜了下來，仔細考量了一會兒，他環顧衆人，沈聲說：「我覺得這樣的分析還蠻有道理的，有沒有人還有其他的建議可以提供？」

瘦子雖然脾氣急躁，但也不是個不知輕重的年輕人，他也不再針鋒相對，反倒說：「那個警政署的督察林建群呢？他那邊有沒有什麼動靜？也許我們可以讓他來幫我們進行一些事情？」說著望向正因爲沒有咖啡喝而顯得有些不自在的微胖中年人。

微胖中年人搖搖頭，回答說：「林建群現在已經變成驚弓之鳥，嚇得躲在一邊了。前幾天我才剛剛和他碰過面，他就連跟我說話都疑神疑鬼的。後來他告訴我說，他已經有可靠的消息，證明他自己已經被檢方盯上了，所以現在他根本什麼都不敢做，就連左芳芳打電話給他，他也只是應付兩句就算了。最好笑的是，他現在還不敢乾脆關機，因爲他怕這樣一來，會讓陳冠玉和左芳芳覺得他不夠意思，到時候會連他一起都咬出來。」雖然嘴裡說好笑，但他臉上卻絲毫看不到一絲笑容。

主導者又想了想，才說：「我想，目前唯一的辦法，就是繼續在左芳芳身上下功夫了，我們就照那個老辦法，由我一個人和她聯絡，你們幾個人則負責收集周邊的資訊。」他看了看微胖中年人說：「林建群那邊不要放棄，他畢竟人在警界，至少還可以提供一些我們不容易取得的消息。」

頓了頓後，他說：「只要老闆不要被捲進這個事情，我們應該都不會有太大的危險，這個情況到現在也沒有改變，我們大家只要謹記這點，就算到最後檢方眞的查到了我們的頭上，我們也可以坦然面對。」

＊＊＊＊＊

主導者以爲他們的聚會神不知鬼不覺，但這項消息還是逐漸曝光，引起了檢察官的注意。

早在兩個星期前，當時檢察官完全沒有想到這伙人身上的時候，就有秘密的線報回報，前桃園縣政府的某些官員忽然在一處民宅中聚會，不知道在商量些什麼事情？

剛聽到這個訊息時，檢察官一點也沒有任何懷疑，只是把他們當作一些卸任官僚與仍在職同仁的私人聚會，心想報告的人實在太過無聊，連這種毫無關連的事情也要大作文章。只是，當一次次聚會的線報回籠，而每次聚會幾乎都「碰巧」發生在偷拍案情有突破性發展的時候，就不得不讓檢察官也開始對這個「退職官員俱樂部」關心了起來。

爲了弄清楚這些人的聚會是純粹的私人聯誼？還是另有圖謀？檢察官特地派了一組人監聽這幾個卓文亮的前重要幕僚，希望能夠釐清其中的疑點。幾天過去，監聽人員聽不到任何和案情有關的談話，甚至就連任何一件關於曲美鈴偷拍光碟案件的討論都沒有，簡單的說，這次的監聽任務算是繳了白卷。

但是，看過監聽報告後的檢察官，卻沒有因爲這樣的成績，就下令停止這項徒勞無功的任務，反倒對這幾個人更加深了懷疑：「這些人不是曲美鈴以前的同事，就是曲美鈴熟識的朋友，就算是再怎麼遲鈍的人，遇到這種情況也應該會關心或是八卦一下朋友現在的狀況吧？可是這些人居然從頭到尾沒有人提過曲美鈴一句，這樣的情況實在太不合常情，這其中一定有鬼。」

所以，檢察官不但下令繼續監聽這幾個退職或現職官員，更設法調閱這些人的相關檔案，想要將這幾個人和偷拍案件的可能關係弄清楚。

經過了一番查證與比對後，檢察官發現，其他幾個人和曲美鈴雖然都相互認識，但是基本上都是在曲美鈴到縣政府任職之後，才產生同事與朋友的關係的，這其中，只有一個人早就認識曲美鈴，而且很「巧合」地，這個人和陳冠玉的「交情」也明顯超過其他的人。

再繼續追查下去，檢察官相當驚訝地發現，當陳冠玉當庭被裁定羈押的時候，第一個打電話聯絡的，居然就是此人，而如果再將左芳芳的通聯記錄調出，也可以發現，這個人也曾經和左芳芳聯絡頻繁，甚至一天聯絡四、五次以上，似乎正在討論著某些重要的事情。

「這個人一定和陳冠玉有特殊的關係，絕對不是單純的朋友而已。」檢察官心裡想著，跟著開始尋找其他幾個人又和這件案子可能會有什麼樣的關連？經過一番資料整理與分析後，檢察官發覺這些人除了都是前縣政府的主管級官員外，彼此所負責的工作並不相同，似乎沒有多大的關係，但他又認爲這些人之間應該有一種特定的關連，只是還潛藏在黑幕當中，讓他難以得悉。

檢察官試著回想著卓文亮在任內曾經發生過的幾件重要事件，思前想後，認爲除了向縣內所轄的工業區樂捐這個事情外，應該沒有其他會牽涉到巨大利益的事情了。「難道這件事的背後和工業區樂捐的風波有關？」檢察官思索著，跟著上網重新複習一下當時的新聞報導，看看能不能查出一些蛛絲馬跡？

當年，卓文亮新官上任三把火，很有一番銳意革新的氣象，他不僅逐步實踐自己在競選時的承諾，更不顧一些反彈的聲浪，大力推動轄內工業區的廠商必須秉持使用者付費的原則，提供額外的經費給縣政府來運作。由於這種作法在法律上很有爭議，所以卓文亮和幕僚研究過後，利用「認捐」這種名義來避開法律的困擾。當然，說是廠商自行捐獻，實際上根本就是不樂之捐，卓文亮將每家廠商按照經營規模、污染情形、利潤多寡，訂定了各自應該捐獻的額度，要求廠商一定要如數「捐」出。假使廠商不願意照規定辦理，那縣府官員就會百般刁難，逼使廠商最後還是得向縣府低頭，乖乖地繳納捐款。

這樣子的作法當然引起了許多廠商的強烈不滿，一些在全國深具影響力的大廠首先反抗，拒絕繳納捐款，而卓文亮也強硬地逕行處置，雙方對上了之後，大廠除了發動縣議員猛烈砲轟之外，還動用和政府高層的關係向縣政府施壓，在卓文亮拒不收回成命後，更一狀告入法院，用法律的方式來尋求問題的解決。

在此同時，坊間也傳出一些小道消息，繪聲繪影地指出桃園縣政府訂定每家廠商捐款的標準，除了上述的幾種評鑑考量外，還有一項更重要的考量，就是廠商私下賄賂金額的多寡。據說，只要廠商願意支付大約應繳捐款額十分之一左右的賄款，就可以至少降低一半以上的捐款額度。只不過說是這樣說，卻沒有任何人能夠提出相關的證據證明，就連那些對卓文亮恨之入骨的大廠，也始終找不到能夠證明卓文亮收賄的一點跡象。

「從卓文亮的財務狀況來看，他眞的應該是沒有收賄的嫌疑才對。」檢察官想著：「可是卓文亮好歹也是一個縣長，他平常也沒有什麼重大的花費，爲什麼當了這幾年縣老爺下來，財務狀況甚至比他沒有當縣長之前還要糟糕，他的錢究竟花到哪裡去了呢？」

相反地，曲美鈴在擔任新聞處長後的財產卻忽然大幅飆漲幾近一千萬元，雖然也還稱不上很有錢，但以她的收入來看應該是有問題的。「爲什麼曲美鈴的收入忽然會提高了呢？她的職務不過是縣府新聞處長，應該是一個根本沒有什麼油水的工作，可是她的油水顯然比卓文亮要好得多了，這究竟是怎麼一回事呢？」

他繼續比對下去，發覺曲美鈴的資金增長一直持續到今年五、六月過後，就忽然呈現停滯狀態，而在不久之後，曲美鈴和卓文亮感情破裂的事情就曝光，接著曲美鈴和陳冠玉因爲盜領存款事件翻臉，最後就是陳冠玉請人到曲美鈴家裝設偷拍器材，這一切的事件發生得這樣井然有序，似乎顯示其中都有相當程度的關連。

「曲美鈴的錢會不會就是卓文亮的呢？」檢察官的腦際忽然閃過這樣的念頭，之前媒體曾經報導過卓文亮和曲美鈴可能因爲高達兩千萬的債務糾葛而交惡，當時他也試著從財務的方向去調查，但實際清查的結果卻證實兩人沒有金錢往來的情形，以卓文亮的財力也沒有可能「借」給曲美鈴兩千萬元，所以這條方向就被當作被媒體誤導而放棄了。現在，他重新比對這些線索之後，卻開始對這些關連產生一個「有趣」的想像，「會不會是卓文亮和縣府官員收受的賄賂，卻被曲美鈴給呑掉了，這些人想要報復，才會指示陳冠玉去偷拍曲美鈴呢？」

可是，如果眞是如此，那這卷偷拍影片應該會用來向曲美鈴勒索恐嚇才對，怎麼會反而在市面上散佈呢？「難道說陳冠玉的目的和這些人並不相同？她就是想要揭發曲美鈴的眞面目？這些人並沒有指揮陳冠玉的權力，而只是在一旁協助罷了？」他搖搖頭，又想：「眞是這樣的話，那陳冠玉又是爲了什麼？爲了錢的動機好像稍嫌薄弱，不是爲了錢，那又爲了什麼呢？」

他又想起那個陳冠玉第一個求援的人，「陳冠玉難道是因爲和他有感情瓜葛，而這個人也是曲美鈴的入幕之賓，所以陳冠玉才會到處對人說：『曲美鈴連好朋友的老公都上。』並且進行偷拍工作，而這個人也剛好想要報復曲美鈴，所以才會在暗中給予陳冠玉援助？」

他想得越多，越覺得這件案子疑雲重重，「想得再多也不是辦法，我得要找出證據證明這些想法才行。」檢察官明白，現在他唯一能夠查的人，就是還在進行著營救母親動作的左芳芳，「只要左芳芳也到案，那麼就比較容易弄清楚這個人究竟和他們母女有什麼樣的關係？也可以瞭解他究竟是不是幕後主謀了。」

＊＊＊＊＊

在知悉檢察官有意傳喚左芳芳出庭應訊的時候，左芳芳先是十分擔心，又和林建群以及神秘人，還有幾個媒體記者聯絡，由於有母親的先例可循，左芳芳知道自己也可能會被檢方收押，所以十分不願意到案說明，更何況自己一旦也身陷牢籠，母親在方寸大亂的情況下，很可能也會全面崩潰，就此承認一切的犯行。

所以，當檢方第一次傳喚的時候，左芳芳選擇完全不理會，並且藏匿在同學家中，只是看報紙和用電話與一些媒體記者聯絡，來保持和外界的聯繫，但在部份搞不清楚狀況的媒體傳出：「左芳芳可能被幕後藏鏡人綁架。」的離譜消息之後，檢方也加緊了傳喚左芳芳的腳步，甚至不惜在必要時候逕行拘提，以便「保障左芳芳的生命安全。」

屋漏偏逢連夜雨，就在左芳芳舉棋不定的時候，一家週刊又以大篇幅報導「第二男主角曝光」，將那個在黑暗中和曲美鈴作愛的男子身份也掀了出來，再度引起社會一陣議論。

雖然這位男主角人在國外，沒有媒體聯絡得到，加上這家週刊也學了乖，除了將男主角照片刊登之外，別說性愛光碟，就連影片中的場景也沒有刊登一張，使得社會上的反應遠遠不如「周世茂版」問世的時候。但第二男主角的出現，也部份證實了確實有不同版本的性愛光碟在市面上流傳，甚至間接引出幕後主嫌仍逍遙法外的可能，這當然令檢方更積極要求左芳芳到案說明。

情況越來越險惡，左芳芳思前想後，覺得如果自己再不出面，到最後面臨的一定是被收押的命運，不如自己主動出面，還可以用沒有逃亡之虞的理由來申請交保。於是，又是在媒體記者的陪同下，左芳芳也出面向檢察官說明。

但到了這個時候，檢察官早已掌握左芳芳的一切通聯記錄，怎麼可能會再放她回去繼續和媒體以及神秘人方面串供？所以儘管證據相當薄弱，檢察官還是硬說陳冠玉在銀行保險箱內所藏的物品可能就是偷拍母帶，左芳芳涉嫌協助湮滅證物，有串供之虞，立即收押禁見，讓滿以為自己可以順利交保的左芳芳錯愕不已。

在檢方想來，左芳芳的收押不僅可以深入追查偷拍母帶的下落，也可以藉此突破陳冠玉的心防，設法逼迫沈默以對的陳冠玉供出幕後的主謀，甚至讓仍逍遙在外的共犯們因爲擔心而露出破綻。可惜，這個想法卻完全錯了。

第八章 證據

陳冠玉心裡卻非常清楚，
博取社會大眾同情只是附帶效果，曲美鈴幾乎每出現必生病的真正原因，
是因為她必須這樣自我催眠，
才能相信自己才是這個事件最大的受害者。

手上拿著例行的公文，林建群臉上的表情卻明顯地告訴別人他並沒有將心思放在公事上，將近有十分鐘的時光，他只是呆呆地望向前方，就連呼吸都彷彿停頓了一般；「建群，你最近怎麼了？老是這麼魂不守舍的？」一旁的同事終於忍不住，用力拍了拍他的肩膀。

「沒什麼！可能昨天晚上沒有睡好。」林建群隨口敷衍過去，等到同事回頭去忙自己的工作，他看著公文千篇一律的枯燥內容，沒過多久又重新墮入思索的深淵中。

雖然這幾天的報紙上從未寫明「高階警官」的身份，實際上也沒有任何檢調方面的朋友暗中提醒他已經被列爲「曲姐性愛偷拍光碟」案的共犯，但多年來擔任警務工作所訓練出來的敏感度，讓他毫不懷疑地知悉了檢方業已對他展開了監控的行動，而且有可能在短時間內就對他採取實際的約談行動。

「他們到現在都還沒有任何動作，應該是我目前沒有被他們抓到任何把柄，還有陳冠玉那邊也沒有把我說出去的緣故吧？」他雖然這樣想著，卻還是不放心地不斷回想自己在案件爆發後所做的每一件事以及所說的每一句話。「他們是因爲之前和陳冠玉的通聯記錄而懷疑我的嗎？還是因爲這幾天左芳芳不停打電話給我的關係呢？不對，他們應該在陳冠玉還沒有被收押前就懷疑我了！新聞報導不是沒幾天就說有『警界高人』嗎？這應該就是指我沒錯，只是他們究竟是怎麼會這樣肯定呢？」

林建群弄不清楚檢察官現在究竟對他的懷疑有多深？但他卻清楚地知道，記者們所洩漏出的消息絕對不是空穴來風，因爲他自己以前就經常和媒體玩類似的遊戲，而檢方之所以會提早讓這項訊息曝光，對他來說只有兩種意義：「他們很明顯是手上沒有充分的證據，但卻又已經知道我和這件案子必然有關，所以故意這樣做，看我到底是會自動露出馬腳呢？還是會就此接受他們的警告，乖乖地不管這件事？」

想到這裡，他不禁有一種泥足深陷的悲哀，「問題是現在不是我不想抽身離開，而是他們抓住我不放，讓我想走也走不了。」

林建群剛和曲美鈴在一起的時候，他並不覺得自己很愛這個女人，對他來說，曲美鈴只不過是他暫時的玩伴罷了。但當他發現曲美鈴也並沒有那麼愛他，甚至私下和許多男人都有過親蜜關係的時候，他卻忽然有一種強烈的挫折感，想要奪回這個他原本以爲天眞浪漫的女孩。

可是，曲美鈴身邊的男人猶如走馬燈一樣地來去著，他卻始終好像邊緣人物一樣，怎麼也插不上手，儘管曲美鈴常對外人稱讚他的優點，說他是一個不可多得的好男人，但他卻越來越感到悲哀，對曲美鈴的感情也就更加複雜。

等到曲美鈴和卓文亮宣稱婚期已近的時刻，他一度以爲自己這些荒謬的情緒都可以就這樣成爲回憶，沒想到曲美鈴卻依然故我，並沒有因爲和卓文亮即將結褵而稍斂形跡，這讓他體認到曲美鈴永遠不可能屬於任何一個男人。但更讓他覺得不可思議的是，居然在這個時候，他對曲美鈴又重新燃起了幻想，以爲自己又可以像以前一樣，再次進入曲美鈴的生命中。

他越是對曲美鈴的性格深入瞭解，就越對自己的痴心妄想感到難以置信，「我怎麼可能會眞的愛上這種女人？我林建群是這麼笨的男人嗎？」想是這麼想，他還是克制不住想要趁虛而入，希望在曲美鈴和卓文亮感情瀕於破碎的時候，自己能夠再度成爲曲美鈴暫時的避風港。可是，曲美鈴這次連利用他都懶得利用了，甚至就連電話中的交談，也在客氣中不經意地流露出鄙視之意。這種明顯的漠視讓他完全不能原諒自己，也使他多年來對自己的欺騙徹底崩潰，但即使到了這個時候，他仍然不認爲自己愛上了這個女人，「我只是不肯承認失敗，想要給自己找一個好理由罷了。」他自我解嘲地這麼想。

剛發覺陳冠玉也不像表面上那麼喜愛曲美鈴的時候，他也並沒有特別的感受，只是難得能在曲美鈴身邊能夠找到一個和他一起批評的人，於是就這麼不知不覺地和陳冠玉越聊越深入。不久，他開始會收集一些關於曲美鈴私德上的資料，也從陳冠玉那邊得到不少關於曲美鈴的最新情況。坦白說，他並沒有眞的想要將這些資料曝光讓曲美鈴身敗名裂，但他卻不由自主地覺得，只要多收集一點這樣的證據，似乎在某種層面上，他就戰勝了曲美鈴，找回了一點失去已久的自尊。

不過，隨著陳冠玉和他接觸越來越深以後，他漸漸發覺事情不太對勁了，他很清楚地瞭解到，陳冠玉每次收集到曲美鈴的一些新資料後，都會將這些訊息轉告給另外一個人，而這個人必然和卓文亮有很深的淵源。「他們好像在進行某種計畫，像是要對美鈴採取什麼不利的舉動的樣子。」

而陳冠玉對曲美鈴的報復行爲，也漸漸讓他覺得絕對不是像陳冠玉所說，單純只是因爲看不慣曲美鈴欺騙社會的作爲；他發現陳冠玉開始會詢問他一些關於如何利用攝影照相器材取得證據的方法，雖然他多半都會就自己所知回答，但隨著次數一多，他還是產生了強烈的懷疑：「難道陳冠玉準備偷拍美鈴，然後回報給卓文亮知道？但是這樣她又有什麼好處？不管怎麼說，她和美鈴並沒有這樣深的仇恨，她爲什麼要冒這種風險，去做這種損人不利己的事情？」

更讓他覺得訝異的是，從他和陳冠玉兩人所收集的資料彙整來看，曲美鈴除了和卓文亮有過一段親蜜的感情外，似乎還有相當密切的經濟依存度，並且這些往來的金額並不是什麼小數目，而是遠超過曲美鈴薪資所得的龐大數字。「難道美鈴也會做一些貪污舞弊的事情？」他畢竟只是間接瞭解，無法得窺事情的全貌，但他知道這個證據只要一旦落入陳冠玉的手中，她就會肆無忌憚地對曲美鈴採取攻擊了。

他的觀察沒有錯，沒過多久，曲美鈴的「淫亂穢史」便被媒體揭發，他一看到那些資料，就知道是陳冠玉揭露的，他當然急急忙忙地打電話問陳冠玉：「妳怎麼把這些東西都給了媒體？妳不怕她懷疑是妳出賣她的？不怕她去告妳嗎？」

「她不會有證據的。」陳冠玉相當有自信地說：「她自己得罪了那麼多人，光是她身邊的朋友，每一個都有可能會做出這樣的事情，她又怎麼可能證明這件事情是我們做的呢？只要你不說、我不說，就沒有人會知道了。」

林建群仍然感到不放心：「她只要一看到那些筆記，就會知道不是妳和心靈課程裡的人，就只有我或卓文亮才有可能拿得到，她不懷疑我們才奇怪呢！」他接著說：「別說美鈴現在有可能會當選立委，就算她不幸落選好了，她在社會上還是有相當高的知名度，支持者也非常多，這些筆記的證據根本不能證明什麼，但是她要是因此而對我們採取法律行動，我們卻都很難脫身。」

他瞭解陳冠玉一定另外有什麼把握，才敢這麼確切的認爲曲美鈴不能對她怎麼樣，而且，這個把握應該就和偷拍或是曲美鈴涉嫌舞弊的事情有關。可是，他不知道確實的內容。好在陳冠玉並沒有想要讓他猜測，而是相當大方地告訴他：「你看到我手上這些東西之後，就瞭解我爲什麼這麼篤定了。不過這些不方便在電話裡說，我們見面再談。」

看到了曲美鈴的性愛偷拍錄影帶，林建群的心情連自己都難以理解，他以爲自己應該會對曲美鈴註定要身敗名裂感到欣慰，但實際上，他不僅沒有一點報復的快感，反倒有揮之不去的失落。然而，聽到陳冠玉想要找人散發這卷錄影帶的建議，他也沒有想要阻止，只是淡淡地說：「妳自己要注意，這種事情可大可小，要是將來沒有處理好鬧大了，一切就會很難收拾。」

看到陳冠玉興奮而熱切的眼神，他心裡明白，這卷錄影帶在市面流通已經成爲定局，但奇怪的是，他卻完全忘了自己在這個事件中所扮演的角色，而只想趕快離開曲美鈴與陳冠玉，然後永遠也不要再聽到這些人和這些事情。

「我當時實在應該阻止她的，這種明顯會牽連到我的事情，我居然沒有想到，我的腦袋究竟是做什麼去了？」現在，林建群懊悔地這樣想，但是一切其實都來得很快，讓他因爲傷心而失去判斷能力的頭腦根本無暇顧及。

不久隨刊附贈光碟事件爆發，陳冠玉被收押，他被迫爲左芳芳設想一切，因爲他認爲自己這幾個月來和陳冠玉的密切接觸，一定或多或少地留下了證據，而他明明知道陳冠玉的背後很可能還有卓文亮與祝東光兩個人，這兩人和曲美鈴間又有不尋常的利益關係，所以這兩人對他的動向絕對十分注意，而只要他走錯一步，都可能會讓自己也掉入這個莫名其妙的陷阱中。

「在這個環節中，只要有任何一個人不小心提到了我的名字，我就算是跳到黃河都洗不清了。」林建群就是有著這樣的想法，只好一直小心翼翼地給予左芳芳必要的幫助。和另外一位「叔叔」一樣，儘管左芳芳表示根本不清楚這件事的來龍去脈，但林建群可不敢就這麼對左芳芳置之不理。

終於，左芳芳還是被收押了，他可以不用再擔心自己會犯錯了，可是，他心中的陰霾還是沒有辦法掃去，「陳冠玉母女會就這麼放過我嗎？看情形她們是很難脫身了，她們會願意一肩扛下所有的事情，不會把我扯進去嗎？」想起那天陳冠玉的眼神，林建群忽然有些不寒而慄。

*****

對在看守所外的人們來說，每個人對「陳姐」陳冠玉都是心懷疑忌，因爲他們無法釐清她內心的眞正想法，也看不透她手上究竟還握有多少關鍵性的證據？但對因爲女兒遭到收押而心神激盪，現在又已恢復冷靜平和的陳冠玉來說，這一切都已經不再重要了。

身爲心靈課程的講師多年，陳冠玉一直引以爲傲，並諄諄教誨別人的，就是如何控制與抒發自己的情緒，讓自己能夠保持最平穩的心理狀態，不受任何外來事物所牽絆。

當然，她並不是完人，也沒有「修成正果」，她還是會有七情六慾，也會有無法自拔的時刻；不過，她確實能夠比一般人更快速地撫平自己不理性的激動，甚至就在旁觀的人都還以爲她完全失控的時候，她就已經在暗暗思索對自己最有利的表現方式，以便讓自己逃離難以解脫的困境，將身心帶入另一個新的領域。

被拘禁在和外界完全斷絕音訊的看守所中，陳冠玉所能獲得的少數情報，就是律師每天向她報告的最新發展，以及檢調人員似眞似假的探詢逼供；但光從這些簡短的資訊中，她已經瞭解到局勢的演變對她相當不利，甚至，她已經有心理準備，自己是暫時沒有辦法離開牢籠了。

她明白，檢調人員到現在還有求於她的，就是讓她供出所謂幕後的主謀、共犯，交出其他的偷拍母帶，還有所有販賣偷拍光碟所獲得的利益。可是她也深刻瞭解，就算自己眞的將一切都如實告訴了檢方，別說自己不可能獲得任何好處，就連疼愛的女兒，也說不定會被羅織成罪，到最後變成她的共犯之一。

何況，就算她眞的原原本本地將事實說出，檢方也未必肯、甚至未必敢相信；「他們要是知道我是爲了這樣的理由而做出這件事，他們會相信嗎？除了多連累幾個人之外，我又能得到什麼呢？」看守所內異常的靜謐，讓她的頭腦分外的空明。

在看守所的日子裡，除了讀書讓自己安心之外，陳冠玉就是不斷地思考著事情的每一個環節，設想可能發生的狀況；她相當明白，檢方收押左芳芳的目的，就是爲了讓她方寸大亂，同時在爲女兒脫罪的情況下配合檢方辦案。

可是，這些狀況早在她還沒有做這件事之前，她就已經考慮得相當周詳了，她刻意瞞過女兒，暗中進行這件事情，雖然後來敏感的左芳芳還是猜到了母親的作爲，但對所有一切細節，包括她曾經和哪些人接觸？手上有哪些東西？還有這件事情的幕後背景，左芳芳幾乎一概不知。這使得檢方最多只能夠證明左芳芳曾經看過光碟，卻很難說這個剛滿19歲的女孩子有協助犯案的具體事證。

「只要我不理會他們的恐嚇，雖然要連累芳芳多苦一陣，但等到正式法庭到來時，芳芳一定可以獲得交保，這樣反而是對她最好的情況。」陳冠玉下了這樣的決定：「如果現在就答應他們的交換條件，別說檢方未必會遵守承諾，就算檢方眞的有心想要放過芳芳，在這件案子擴大的情況下，芳芳也未必能夠全身而退。」

另外，還有一個她比較不確定的考量因素，那就是她隱隱覺得，左芳芳被收押禁見，其實也不能算做是最壞的狀況，因爲要是左芳芳一直停留在外面，又沒有受到警方的保護，會發生什麼樣的情況，連她自己也難以想像。

所以，在她被收押之前，就要女兒將銀行保險箱裡的東西交給那個人，讓對方知道她手上握有他們的把柄，也好讓對方想辦法保護芳芳不受傷，甚至能使自己免去牢獄之災。

不過，現在她知道自己當時想得太天眞了，這樣做不僅不能讓這些人盡力救助她脫困，反倒可能讓女兒與家人陷入更危險的地步；「他會做出這樣的事情嗎？」在入獄之前，陳冠玉還相信這個人就算不會幫忙她，至少也不會落井下石。但在看守所中經過一番思考的洗鍊後，她發覺即使是這個人也不値得信賴。

「他會不會爲了湮滅證據，乾脆讓芳芳『消失』，讓檢方永遠找不到線索？」陳冠玉想著：「照理來說，他既然知道我還把證據藏在秘密的地方，就應該會提防我逼急了會把他們全部抖出來。可是，萬一他認爲我只是故意恐嚇他呢？他這個人最不受激，會不會因爲我要芳芳把那些東西交給他，反倒讓他覺得非除掉我們不可呢？」

反而是現在這種情況最好，理論上是被檢方羈押，實際上，她們母女卻獲得了最完善的保護，沒有人能夠動她們一根汗毛。「我想現在該換他們著急了，他們一定不知道我會不會向檢方自白？只要我在看守所一天，他們就沒有辦法完全放心。更重要的是，他們不會知道我現在在裡面的確實狀況，可是我卻能夠透過律師，完全瞭解他們和曲美鈴究竟在做些什麼？」

每天，陳冠玉從律師的口述中，瞭解了檢察官、媒體、曲美鈴與其他相關人物又有了什麼樣的新舉動，對檢調與媒體方面，陳冠玉雖然不是那麼的瞭解，卻也不怎麼在意，因爲她知道就算到了現在，事件會往什麼方向發展？主動權還掌握在她的手上。而對曲美鈴等人的言行，她幾乎只要聽到幾句話、甚至一個動作，就對她們的內心想法瞭如指掌，這固然是因爲這幾個人都是她的熟人，但更重要的是，這些人其實都是她的「學生」。

每次曲美鈴昏倒、痛哭，還有悲不可抑地對媒體哭訴的時候，陳冠玉總是會心一笑，因爲在別人覺得她是裝假博取同情，用淚水在販賣悲情，可是陳冠玉心裡卻非常清楚，博取社會大衆同情只是附帶效果，曲美鈴幾乎每出現必生病的眞正原因，是因爲她必須這樣自我催眠，才能相信自己才是這個事件最大的受害者。

她不斷地用欺騙自己，也欺騙別人的激烈手段，來麻醉自己的不安全感；只有吸了謊言的春藥，她才能相信自己是完完全全的受害人，這是她的求生法則。

從她還和曲美鈴是好姊妹的時候，她就非常深刻地瞭解曲美鈴的心態，她知道曲美鈴表面平易近人，實際上內心卻極度自卑，雖然喜歡說謊，卻總是覺得別人一眼就可以看穿她的把戲。尤其在面對媒體的時候，她更是容易露出馬腳，所以她一定要用更誇張、更不自然的情緒與動作，來掩飾內心的實際想法。「這個女人眞是可憐，到了現在這個時候，還不肯誠實面對自己。」在嘲笑曲美鈴的同時，陳冠玉卻也忘了，曲美鈴這些拙劣的技巧，正是她自己傳授給這位愚蠢的才女的。

至於卓文亮與祝東光的表現，陳冠玉更是馬上就體會到了他們內心的不安，「卓文亮的表現在一般人看來，一定以爲只是標準的『官式回應』吧？可是我相信，他現在應該是覺得非常恐慌，尤其怕自己的政治生命受到威脅。」陳冠玉分析給自己聽：「卓文亮既想要維持自己文人政治家的形象，卻又根本沒有辦法抵抗那些他不知道該怎麼回答的問題，所以他只有不斷地閃躲，到最後用虛晃一招來逃避一切。他明明知道這樣做對自己有害，但還是沒辦法不這樣做，看來這個人一年多來一點進步都沒有。」

而祝東光一副事不關己的態度，反倒是她唯一欣賞的：「雖然是個過氣的人物，但是他確實還是比較有膽色的，在這種情況下，他還敢批評美鈴的作爲，而不是躲在一旁悶不吭聲，光是這點就比卓文亮要強得多。」陳冠玉又想：「不過，他還是有點過於急躁了，這是不是因爲他還是有著沒有辦法釋懷的憂慮呢？」當然，陳冠玉的判斷，根據的只是律師的口述，無法看到祝東光的眼神，讓陳冠玉很難詳細觀察祝東光是否「更上一層樓」？但以她對祝東光的瞭解，她知道自己的揣測應該不會相差太遠。

「只要有我存在一天，他們實在都應該憂慮的。」靠在羈押室的角落，蜷縮的陳冠玉臉上卻露出了自信的神采：「只要那些東西還在一天，他們永遠都要注意我的存在。」

第九章　鳥鳴

曲美鈴興奮地談起自己對卓文亮的報復心：

「有好幾次我半夜忽然驚醒，看見卓文亮睡在我的旁邊，我都會好想拿一些小鋼珠塞入他的鼻孔中，讓他窒息而死。有時候，我又恨不得去找一群螞蟻，然後一隻一隻地放到他的耳朵裡去，把他的耳膜慢慢地咬破，最後鑽到他的腦袋裡去，讓他死得慘不忍睹。」。

「曲美鈴現在實在是變得有點奇怪了，好像和我以前認識的曲美鈴不像是同一個人一樣。」對在偷拍事件爆發後，還和曲美鈴有過接觸的親友們來說，最近這段時間的曲美鈴，帶給他們一種相當異樣的感受，並不是她的行爲舉止有什麼異常，也不是她的外表有什麼變化，「我也說不上來是哪裡不對勁？反正妳會覺得自己好像以前認識的根本就不是這個人，現在的曲美鈴只是另一個長得很像她、說話聲音很像她，但是思想完全不一樣的孿生姊妹。」

其實就算是曲美鈴自己，也隱約有了這樣的感覺，當偷拍光碟剛剛在市面上開始流傳的時候，她也曾經一度羞愧不已，對自己的未來感到一片茫然，甚至在最難過的幾秒鐘內，也閃過一絲想要結束自己生命的念頭。可是，隨著事件的逐漸發展，她忽然覺得自己其實並不是很在意光碟的散佈，也並不會對自己和男人濫交的事實曝光感到可恥，她甚至會覺得：「我終於可以很坦然地、不必再欺騙別人地做我自己了。反正現在全世界都知道我是什麼樣的女人，我也不必再顧忌別人的眼光，這樣豈不是更好？」

雖然在表面上她還是希望別人覺得她「痛不欲生」，但是私底下她卻又有一個奇怪的念頭，那就是：「我好想讓每個人都知道我活得很愉快、很高興，這段時間除了沒有什麼權力可以讓我掌控，沒有更多的金錢可以讓我攫取之外，我眞的活得很愜意，這恐怕是我這一生活得最眞的時刻。」

她眞的是很認眞地享受著自己的生活，而且從各種瑣事中獲得很大的滿足；她從對陳冠玉的強烈控訴中，得到感情的激發，從研究如何逼迫卓文亮現身的思索中，得到報復的快慰，而對媒體呼來喝去，讓他們疲於奔命卻又如獲至寶，也令她得到控制的滿足。

當曲美鈴還是個小女孩的時候，母親對她的管教極爲嚴厲，只要一做錯事，動不動就會將她吊起來毒打一頓，而爲了逃脫皮肉之苦，她只有想盡辦法說謊與推諉塞責。從第一次成功騙過母親後，曲美鈴就知道人生在世絕對不能說實話，更絕對不能把自己眞實的想法表現出來，就這樣整整過了三十年的歲月，她幾乎沒有對任何一個人說過實話，有時包括對她自己，她也用催眠式的謊言讓自己相信，以逃脫種種困擾她的痛苦感受。

直到今天，雖然她還是不斷說謊，但最起碼這一段日子以來，她爲了一個謊言去編另一個謊言的機會已經越來越少了。別人已經看到了部份眞實的曲美鈴，她也有一部份無須再度隱藏，而可以讓這個長期陰暗的「本尊」出來曬曬太陽，也讓自己看看什麼樣的面貌，才是眞正的曲美鈴。

以往在面對別人的批評與攻擊時，她總會先裝作心平氣和的模樣，然後假裝要對自我檢討，以換取別人「謙虛」、「理性」的讚賞，但是現在，她面對一些人直斥她利用身體換取金錢與權力的時候，她終於可以大聲地予以駁斥，並且虛聲恫嚇說要採取法律行動，要求這些自以爲是的評論者閉上尊口。「我以前實在是太傻了，我早就應該這麼做了！」而在發現社會對她一反常態的表現方式也頗能接受的時候，她不禁暗暗埋怨自己爲什麼到現在才瞭解這個社會上的人在想些什麼。

當然，她還是無法完全展現自己，她還是必須假情假意地公開對周世茂的妻子說聲抱歉，並掩耳盜鈴地說自己當時並不知道周世茂已婚。可是，畢竟她已經不用再每天說謊了，只有在眞正需要保護自己的時刻，她才需要謊言的盾牌。

「我應該重新作回自己，用眞實的我去開創另一片天空。」她這樣想著，並且眞的興沖沖地開始了計畫：「我要出書，告訴大家我的心路歷程，相信一定會有很多人有興趣。我也可以接節目，讓大家瞧瞧我主持的功力，甚至我還可以出寫眞集，讓那些好色的男人看看我的身材，說不定會比光碟還要暢銷呢！」

她知道常和自己合作的記者所屬的報系擁有自己的出版社，所以立刻和那位記者聯絡，告訴她自己想要出書「讓社會大衆看看眞實的美鈴」的構想。原先，她以爲對方一定會喜不自勝，努力對她逢迎巴結。沒想到當這位記者回去向長官報告之後，竟然得到：「經過仔細考量，目前還不是最適當的出書時機，不妨等過一段時間再來硏究可行性。」這樣一個興趣缺缺的軟釘子。

即使當得知確實是陳冠玉在散佈她的偷拍光碟之時，她也沒有這麼生氣過，「好吧！既然你們要放棄這個機會，我就把機會讓給別人，到時候可不要後悔。」她馬上又聯絡了幾位出版界的朋友，故意將「有雜誌社想要找我出書，目前我還很困擾，不知道應不應該相信他們。」這種訊息放了出去，期待著這些出版社會一窩蜂般地擠上門來，要和自己簽約出版。可是，居然沒有任何一家出版社對她想出書這件事感到有興趣，甚至還有：「這種八卦導向的書違反我們出版社一貫的原則，就算明知道會大賣，也絕對不能接。」這樣的流言傳了回來，讓曲美鈴幾乎氣結，好幾天都嚥不下這口氣。

「我就不信我會沒有人要了。」爲了證實偷拍光碟沒有辦法將她打垮，曲美鈴主動和媒體高層頻繁接觸，表示自己不但想出書，更想主持電視節目，而且只要對方願意，書與節目的內容「尺度絕對會讓你們滿意爲止」，在這樣的誘惑下，終於有媒體願意幫她出版一本書，但是卻將書的基調定爲「懺悔錄」，而儘管曲美鈴根本不覺得自己有什麼好懺悔的，但爲了達到出書的目的，她還是同意了這個作法，只是加上一條但書：「這本書我不要一毛簽約金，但是書的版權必須歸我。」在她的想法中，只要書一熱賣後，自己就可以將書的版權轉賣，再重新賺一手更大的利潤。

而爲了替自己的復出鋪路，她也主動和電視台聯繫，希望能夠在節目推出之前，先用面對面專訪的模式來談一下這段時間內心的感想；她以爲，只要自己能用眞情流露的方式來感動別人，並且用堅強面對人生的正面態度來述說自己的想法，不管有多少的批評，一定還會有許多人佩服她的勇氣。

這次，電視台方面欣然同意了她的要求，並且刻意安排了知名度相當高的節目主持人來做訪問；可是，曲美鈴完全沒有料想到，這場訪問竟然是她夢想徹底破碎的前兆。

＊＊＊＊＊

節目還沒有正式開始，爲了顯示自己迎接新生而刻意剪短頭髮的曲美鈴剛化好了妝，和這次節目的製作人閒聊客套了幾句，不久節目主持人丁先生也出現了，由於她和這位丁先生也是舊識，她相當親切地和他打了招呼，丁先生也客氣地回應著，只是，曲美鈴覺得有點奇怪：「丁大哥明明和我很熟，怎麼現在這麼生疏的樣子？難道是因爲我出了這件事情，他有點瞧不起我嗎？哼！他自己也不是什麼好東西，私底下做的壞事難道會比我少？男人果然沒有一個是好東西。」腦子裡是這樣想，她的臉上卻仍然笑得很甜，努力裝出一副對丁先生很信任的態度。

等到節目正式開始，曲美鈴先是相當驚訝地發現，這家電視台竟然當場準備了「周世茂版」的翻拷帶，當著她的面前快速播放，讓她自己見識一下自己的激情畫面；儘管她早已看過，也對影片的內容瞭如指掌，但這樣子當著媒體衆人的面前觀看自己的春宮影片，即使是她這樣的女人也無法視若無睹，只能用僵硬的表情盡力掩飾自己的難堪與羞恥。

而她當然也意識到了，這家電視台根本就已經設好了陷阱，等著她自己往下跳。

「妳看過這個影片了，請問影片中的人究竟是不是妳？」果然，丁先生一開始就開門見山，問出了這樣一個露骨的問題。既然自己主動要上節目，對這種情況當然也早有心理準備，曲美鈴輕啓朱唇，和往常一樣用模稜兩可，甚至讓人有些不知所云的方式輕輕帶過，跟著就想結束這個話題，期待著主持人下一個比較有「建設性」的發問。

沒想到，主持人卻顯然不想放過她，馬上不留情面地說：「妳的解釋我聽不懂，是就是、不是就不是，難道妳沒有辦法肯定這個人是不是妳嗎？妳連自己都認不出來嗎？」說著雙眼直視著曲美鈴，強硬的態度不像是新聞節目的主持人，倒像是偵查庭上在製作筆錄的檢察官。

儘管如此，曲美鈴還是想要閃避這個話題，依舊用不著邊際的回答想要矇混過去，但丁先生吃了秤鉈鐵了心，說什麼也要她有一個肯定的答覆，終於，曲美鈴知道自己沒有辦法再迴避下去了，只好一邊啜泣，一邊吞吞吐吐地說：「從影片上粗略地看，這個人的身材、比例都和我很像，所以大概、應該就是我，不過這還是需要經由科學的檢驗之後，才能眞正確定影片是不是眞的。」

「妳的意思是妳承認自己和周世茂先生有過性行爲了？」主持人繼續尖銳的問話，曲美鈴小心翼翼地說：「對於這點，我對周太太感到很抱歉，但我當初眞的不知道周世茂已經結婚了……，無論如何，我還是只能說對不起，因爲任何言語都無法表達此刻我心中的歉意。」

丁先生聽到曲美鈴的回答，隨即悶哼一聲，用否定的口吻說：「從偷拍影片中你們的對話顯示，妳好像知道周世茂的婚姻狀況，否則妳怎麼會說出：『我們都知道未來我們的關係會很困難。』這樣的話呢？妳應該是知道周世茂結過婚了吧？」

「我說過，這個影片是不是眞的，還要經過科學的鑑證，不能就認定它是眞的。」丁先生接二連三地不留情面，讓曲美鈴也忍不住動怒：「再說，你也不是檢察官，我是來這裡接受訪問，而不是被檢察官約談，你爲什麼要用這種方式來質問我？如果你不相信我的話，那你自己可以去查，又何必來問我？」

毫不理會曲美鈴的強烈反應，丁先生繼續抛出問題：「影片的問題我們暫且不談，雜誌上刊登過的那些筆記是不是妳寫的？還是又要等到科學鑑證後妳才能答覆？」

大概是有些氣糊塗了，曲美鈴也不再躲閃，直截了當地說：「沒錯！那些什麼札記、筆記都是我寫的，那裡面有部份是事實，但是也有些只是信手塗鴉，不能就因爲我寫了這些東西，就據以判斷我是怎麼樣的人。每個人都會有想像或作夢的時候，難道那些事情都要把它當作眞的來定一個人的罪嗎？」

主持人冷冷地望著已經淚流滿面的曲美鈴，一點也沒有緩衝地繼續質問：「妳是不是曾經用身體換取金錢與利益？有沒有這樣想或是實際做過？」

到了這個時候，曲美鈴再也忍受不了了：「我從來沒有這樣做過，更從來沒有想過，在這裡我要明白地告訴所有的人，以後要是還有任何人造謠生事，散佈關於我用身體獲取不當利益的謠言，我一定會採取必要的法律行動。」

大概是該問的都問的差不多了，主持人忽然用一種詢問式的口吻，相當明顯地表達了自己對曲美鈴未來的看法：「在遭遇這樣的事情之時，一般人不是會尋短見輕生，就是會找一個沒有人認識自己的地方，好比南美洲的叢林或是荒涼的深山中躲起來過下半輩子，可是妳顯然沒有這種打算，反倒主動選擇出來接受訪問，請問妳爲什麼會這樣做？難道妳不怕別人說妳沒有羞恥心嗎？」

幾乎用完了一盒面紙，曲美鈴強自鎭定，抽搐地說著：「我當初也曾經想過找一個地方藏匿起來，就這麼了此殘生，後來是爲了我的家人，我才決定自己一定要好好活著，還是要做一個有用的人。這次我出面接受專訪，也早已預料到會再受到傷害與羞辱，不過我既然已經決定要好好過著自己的人生，也只有坦然面對一切，所以才會願意出來接受訪問。」

這場災難性的訪問結束之後，當然有不少富有同情心的觀衆把丁先生罵了個狗血淋頭，可是曲美鈴卻也幾乎沒有獲得任何好處，一種普遍性的意見甚至變成絕大多數的人對她的定評：「我眞的非常佩服她，一個人能夠勇敢到這種地步，這世界上還有什麼事情可以難得倒她呢？」

而更糟糕的是，就連她的委任律師以及曾經幫助過她的朋友，對她的行爲也百思不解：「我不知道她爲什麼要接受訪問？她沒有問過我，我也不知道這件事。」在尷尬與缺乏信賴中，曲美鈴沒有發現，她僅有的幾個朋友也開始和她漸行漸遠了。

*****

「我可以坦白告訴你們我有過的男人當中，誰床上功夫最好？誰最沒有用？誰的長？誰的短？誰是最能讓我滿足的人？誰又是我最討厭的人？」經歷過了專訪節目的挫敗，曲美鈴亟思用出版「懺悔錄」這本書來扳回顏面，所以當撰稿人還沒有提出整部書的內容大綱之時，曲美鈴就出乎意料的主動爆料，聽得撰稿人目瞪口呆。

「周世茂確實是我最喜歡的人，他在床上也最讓我感到滿足。」沒有了攝影機的逼視，在特別租下來的五星級飯店套房中，曲美鈴毫不掩飾地說：「無論是技巧，還是外貌、談吐，周世茂都很讓我心動，可惜他已經結婚了，不然我到現在還是會和他在一起。」

而或許是眞的豁出去了，曲美鈴也頭一次對陌生人說出自己對卓文亮的感受：「說實在話，我一點也不喜歡卓文亮，甚至可以這麼說，我極度痛恨他，他全身上下沒有一點讓我欣賞的地方，甚至想到他，就會有想要嘔吐的感覺。」

好像忘了自己不久前還口口聲聲地說絕對不會用身體換取利益，曲美鈴興奮地談起自己對卓文亮的報復心：「有好幾次我半夜忽然驚醒，看見卓文亮睡在我的旁邊，我都會好想拿一些小鋼珠塞入他的鼻孔中，讓他窒息而死。有時候，我又恨不得去找一群螞蟻，然後一隻一隻地放到他的耳朵裡去，把他的耳膜慢慢地咬破，最後鑽到他的腦袋裡去，讓他死得慘不忍睹。」

說到這裡，曲美鈴忽然想起現在被羈押在看守所裡的「陳姐」，當初她也曾經這樣告訴「陳姐」自己對卓文亮的感受，而「陳姐」也像眼前這個撰稿人一樣，用怪異的眼神望著自己；「難道是因爲這樣，『陳姐』才決心背叛我的嗎？」雖然她明知道不可能是這種原因，但還是忍不住這樣想。

不過，曲美鈴也還沒有眞正將自己所有的一切鉅細靡遺地誠實告白，至少在朱復雄這件事上，她還是選擇說了謊話：「我和朱復雄眞的只是單純的顧傭關係，我也確實只是把他當弟弟看待，他不是我會愛上的那一型，更不可能會和我有任何親密關係。」想起昨天晚上還和朱復雄在這個房間內翻雲覆雨，她的嘴角邊不禁露出一絲笑意。

她每天利用晚上的時間和撰稿人回想起自己過去的種種，並且難得地大部份都沒有隱瞞地如實托出，而白天她仍然相當忙碌，她必須接洽新節目的簽約事宜，還有電影與寫眞集的籌備狀況，雖然她發覺自己好像已經沒有想像中那麼受到注目與歡迎了，但忙碌的生活仍然讓她感到相當充實，「我還是一個需要事業的女人。」她心裡想著，心情就好像春日裡的雲雀一般輕鬆舒暢。

爲了維持自己的好心情，也爲了讓書能夠順利出版，當檢方希望她以告訴人的身份出庭和陳冠玉與左芳芳對質的時候，她卻以生病的理由請假，實際上卻配合出版社在攝影棚內拍封面照，甚至在寒冬中出外景，在海邊穿著無肩裝面對大海。這樣的舉動反射出她無論在心理與生理上都相當健康，並沒有任何的障礙，而這種開朗的心情在她的周遭幾乎每個人都能夠感受得到，因爲當出版社的攝影師以偷拍光碟串成了鞭炮狀，要曲美鈴做出打躬作揖的動作，跟所有讀者拜年的時候，曲美鈴也居然爽快地答應，完全依照攝影師的要求，這對事件之前的曲美鈴而言，簡直就是一件不可能的事。

愉快地出書，愉快地面對社會批評，曲美鈴發覺自己眞的成長了，眞的可以不畏懼任何人了，她重新對自己有了強烈的自信，也不在乎別人的任何打擊，於是，在出書的事情忙到一個段落之後，她主動向律師表示：「我決定出庭和『陳姐』對質。」

******

出庭面對衆多媒體的包圍，對曲美鈴來說當然是件大事，從前一天晚上起，她就已經爲了穿什麼樣的衣服傷腦筋；「上次專訪完之後，很多媒體都對我有負面印象，認爲我愛出風頭，喜歡炒作新聞，這次我可不能再被他們抓到把柄。」想要表現出自己不願意媒體採訪，曲美鈴眞是煞費苦心，她找了好久，才湊齊一身的暗色系裝扮，還特地找出墨鏡戴上，增添幾分神秘感。不過，在考慮是否要戴上帽子的時候，她又掙扎了許久，最後還是決定不要戴帽子，以免媒體到時候眞的認不出她來。

到了出庭當天，雖然還是有不少媒體上前包圍了曲美鈴，但很顯然地人數少了許多，和她在自家門口舉行記者會的時候完全不可同日而語，就連媒體追逐採訪的熱度也退燒了，一些記者索性只是站在一旁，冷眼看著曲美鈴慢慢踱過。這樣的景象多少影響了曲美鈴的心情，使得她的腳步顯得更加遲緩了。

在等待陳冠玉與左芳芳母女出現的時間中，曲美鈴雖然早已經想好自己要採取的策略，但事到臨頭，她發覺自己還是有些許猶豫；「我會不會因爲太刺激她，逼得她乾脆攤牌，將我們洗錢的事情一五一十地當庭說出？不！不會吧？她這樣做到最後會連她自己的女兒也害死了，她應該不會這樣做吧？可是，如果我是她，反正所有的一切全都沒有了，我還有什麼好顧忌的呢？我應該會不顧一切地讓大家同歸於盡吧？」她忽然有點後悔自己爲什麼要這麼早出庭對質？「我應該等到再過一陣子，我可以確定她絕對拿我沒辦法的時候再說的。」

然而，當陳冠玉與左芳芳步入法庭的時候，她天生的表演技巧立即打敗了她的忐忑不安，主導了她的一切行爲；「妳怎麼可以這樣做？妳害得我痛不欲生、痛不欲生啊！我已經活生生地被妳謀殺了？妳爲什麼可以這麼殘忍？我曾經把妳當作我的姊姊啊！妳這樣將我活體解剖，要我怎麼樣再活下去啊？」她聲嘶力竭地哭喊著，但每叫出一聲，她反而覺得有一種莫名的快慰，好像每次多嘶吼出一個字，她便又多了幾分勝利的把握。

「妳應該問問妳自己吧？」面對曲美鈴的痛切呼號，陳冠玉卻顯得相當冷靜，低聲留下這句話，便和女兒一同走入被告席，等待著檢察官的訊問。

但是，正式開庭之後，雙方的態度卻又產生突如其來的變化，原本強硬冷靜的陳冠玉母女，忽然變得異常謙卑，陳冠玉坦承這件事是自己做下來的，和其他人都沒有關係，在表明自己一人做事一人當後，她突然又和左芳芳一起對曲美鈴說：「美鈴，我對不起妳，這件事我做錯了，希望妳能夠原諒我，我眞的非常誠心誠意地請求妳的原諒。妳要我死都沒關係，我現在……我現在也好想死了算了！」說著還和女兒一起對曲美鈴一鞠躬，表達了自己最深摯的歉意。

而早已難忍抽搐、涕泗橫流的曲美鈴，也忽然間表現出豁達大度的風範，她用十分親切與悲哀的口吻，「一個字接一個字」地說：「我願意原諒妳們，即使妳們對我造成的傷害已經永遠難以挽回了，我還是願意原諒妳們，陳姐，我不想爲難妳，在我心裡，我甚至一直不願意相信是妳，可是，事情到了這個田地，我還能說什麼呢…？我只希望…我懇求妳就算是爲了芳芳著想吧？妳應該把幕後的主謀供出來，只要妳供出了幕後主謀，我願意立刻撤銷對妳和芳芳的告訴，只求妳將背後想要害我那個人的名字說出來就好。」說到這裡，她不知道是難忍悲傷？還是身體不適？滿臉痛苦地慢慢彎下腰去。

聽到曲美鈴懇切的勸告，一直以來倔強不屈的陳冠玉臉上第一次出現了猶豫的表情，嘴唇微微開啓，好像是想要說些什麼？捕捉到這個難得的跡象，檢察官立即把握時機說：「妳現在應該將幕後的主謀說出來了，妳只要把這些人的眞實身份告訴我們，不但妳的刑責可以減輕，妳和女兒也有可能很快就可以交保出去了。」

可惜，不知道是檢察官的話反倒起了反效果？還是陳冠玉根本就沒有打算要說出什麼？在聽到檢察官勸說的話之後，陳冠玉反而閉口不言，又重新恢復那個主動使用「緘默權」沈著冷靜讓人猜不透心中想法的心靈課程講師陳姐了。

在看到陳姐不可能說出幕後黑手的姓名之後，曲美鈴用顫抖的聲音，彷彿下了一生中最大的決心一般，用沈痛的聲音說：「我眞的不希望走到這一步，但是我眞的沒有其他的選擇了，我必須說，儘管我眞的一百萬個不願意，但我還是要將卓文亮先生也列入我的被告名單。」她頓了一頓，哽咽地說：「但我希望這是個錯誤的決定，我期待看到卓文亮先生能夠用具體的行動來證明自己的清白。」

開庭對質在沒有絲毫進展下結束，步出偵查庭的曲美鈴忽然全身劇痛，彷彿寸步難移一般，似乎這幾十分鐘的對質已經耗盡了她僅存的每一分體力。在發覺曲美鈴已經沒有力量自行離去後，律師立即叫來救護車，緊急將腹部劇痛的曲美鈴送往醫院急救。

在救護車上，儘管臉頰還是因爲痛苦而顯得扭曲，但脫離了鎂光燈的照耀後，平日相當注重養生的曲美鈴，精神顯然好多了，甚至在救護車抵達醫院，將她推往急診室的時候，她的心中還不無得意地想著：「這次總沒有人再說我裝得太假了吧？」

＊＊＊＊＊

「她實在是裝得太假了吧？」看到電視轉播上曲美鈴舉步維艱的畫面，雖然明知道現在不是笑的時候，祝東光還是忍不住笑了出來；但是在一時的嘲弄快感之後，他也體會到了事態相當嚴重，思考了幾秒鐘後，撥了電話給卓文亮。

「你也看到了，她終於還是自己動手把我扯進去了。」電話那頭傳來卓文亮不帶絲毫感情的聲音：「這當然是意料中的事了，不過我剛剛還是託人去醫院慰問她，不管如何，這些表面動作總還是要做的吧。」

雖然彼此看不到對方，祝東光還是下意識地點點頭說：「這樣做是很正確的，至少我們不要讓別人說閒話，她既然夠假，我們也要假得漂亮一些。不過，照我的判斷，這個案子不拖個幾年是解決不了的，我想我們應該有一點心理準備。」

卓文亮也同樣不自覺地頷首，問道：「看今天那個女人的態度，應該是不會把我們的事情說出去了，你的判斷是怎麼樣呢？我們是不是應該還要做些什麼動作？」

「我想暫時應該不用了，該做的我們也都做了，她應該也可以理解，暫時我們也沒有什麼辦法可以幫助她了。」祝東光顯然早就思考過所有的環節：「我請教過律師，如果她一個人承擔下來，只要檢方沒有辦法舉證她在這件事情上獲得什麼樣的利益，應該也不至於判得太重，至少左芳芳應該沒有什麼事情才對。剩下比較棘手的，就是萬一曲美鈴提出民事賠償請求，以她現在這種明目張膽的撈錢心態，可能要求的金額不會在少數。」

卓文亮先是一陣沈默，跟著忽然問：「那些麻煩還會有問題嗎？」「暫時應該沒有問題，現在如果『陳』把那些東西取出來，她的女兒也肯定逃不了責任，她應該不至於會這麼笨吧？當然，等到『陳』交保出來之後，我們還是要盡快處理這個事情，以免夜長夢多。」

祝東光忽然笑了笑，用一種無奈的聲音說：「她自己也應該很清楚，所有的事情其實都是她自己要去做的，我們並沒有參與，現在弄成這樣，她也不能責怪我們吧？坦白說，我們還眞可以說是被無端捲入這場是非當中，這陣子冒著風險瞎忙了一陣，我還眞覺得不太值得。」

「對啊！女人的嫉妒心還眞是可怕！」「對啊！眞是可怕！」

*****

在地檢署的辦公室中，檢察官翻開剛收到的新書，希望能從書中的文字尋覓出一點破案的關鍵線索。

可是花了一個下午的時間細細翻閱，到最後他卻只有失望地合上書本，看著書名：「曲美鈴懺悔錄」他忽然覺得取名的人有一點嘲諷的意味，「嘿！這傢伙不會是想到『奧古斯都懺悔錄』這部書才聯想到這個名字的吧？」想起奧古斯都這個中世紀主教晚年以宗教的反思陳述自己一生的罪狀，卻還是滿紙謊言，為自己的過錯曲解掩飾，他越思考兩者的雷同之處，越覺得趣味橫溢；「看來曲美鈴和奧古斯都還眞是東西相互輝映，古往今來找不到第三人可以比肩呢！」

在看守所中，出庭時一度態度鬆動，被外界解讀可能將產生「棄保效應」的陳冠玉，最後仍然和女兒有了相當的默契，如出一轍地選擇了緘默。而在外面，曲美鈴開始出書、做節目，雖然書還賣得不錯，但可以發覺社會大眾的興趣已經逐步降低，節目的收視率也開始下滑。

卓文亮既然已經成為被告，檢察官只得繼續蒐集能夠起訴他的有力證據，可是在曲美鈴與陳冠玉都不肯合作的情況下，檢察官懷疑自己到最後根本就沒有起訴卓文亮的充分理由，更別說是那幾個還隱藏在暗地裡的神秘集會人員了。

「毋帶應該早就銷毀掉了，陳冠玉就算眞的有拿到什麼錢，恐怕也很難查出來了，我看這個案子就只有到這裡爲止了，不是我不肯盡力，實在是沒有辦法繼續查下去了。」想到上級不斷催促他儘速結案，檢察官忽然覺得肩頭的壓力已經卸下來了，因爲他終於能夠說服自己，讓自己可以放下心來將案子作一個結束了。

在這個案件中，唯一能讓他展現魄力的，就只有那家隨刊附贈光碟的雜誌社了；「我不可能把所有牽扯進來的媒體記者都一起起訴，也找不到這些媒體記者串謀販賣的實際證據，看來我唯一能夠做的，就是好好懲戒一下這家雜誌社，讓這些囂張的媒體記者知道，我們檢方可不是軟腳蝦。」將整個事件重新想過一遍後，檢察官開啓電腦，準備著手起草起訴書。

這一寫就是好幾個小時，直到夜半時分，他才驚覺自己連晚飯都還沒有吃，「該回家了！」檢察官收拾起隨身物品，將已經寫了幾千字的起訴書存檔，關上電腦，想著應該先繞到哪裡去吃個宵夜，再回家睡覺？出了地檢署的大門，正想叫部計程車的時候，他忽然聽到地檢署旁邊的行道樹上，竟然傳來久違的麻雀叫聲。這一聲低鳴雖然平常，卻莫名地在他心中激起了幾許漣漪。

他忽然想起，在一次庭訊中，一貫保持沈默的陳冠玉忽然說出了這樣一段話：「鳥在花園裡叫得很響亮，可是人們卻故意摀住耳朵，假裝聽不到叫聲。」當時，他完全不明白這是什麼意思，以爲這位心靈課程的講師忽然發了神經，用這種無聊的話來掩飾自己的詞窮。

但現在，這午夜的鳥鳴卻讓他瞬間明白了陳冠玉的意思，忽然整個撲朔迷離的疑案就像走馬燈一般在他腦際迴旋，一切的前因後果眞切地在他眼前顯現。「原來事情是這個樣子的。」突然間明白了思索數月的難題，他自然感到一種難以壓抑的亢奮，甚至有一股衝動，想要回到辦公室繼續完成那才剛剛開頭的起訴書。

可是，初起的悸動逐漸平息後，現實又重新冷靜他發燒的頭腦：「我就算明知道是這樣，又有什麼證據？還要花多久時間才能夠證明這一切呢？」理智很快地洗滌了他伸張正義的夢想，他用力地甩了甩頭，像是要把這些雜念通通拋去；「算了，明天還有更多稀奇古怪的案子等著我去處理呢！」

第十章　未知

在昏暗的房間中，曲美鈴的雙眼綻放出了耀眼的光芒。

而也就從這一刻開始，被光碟「謀殺」後的「曲姐」，終於也被她自己「謀殺」，

一個快速復活、全新的曲美鈴，正用她跌跌撞撞的復出模式，

邁向詭譎多變、無可預知的未來……

「曲美鈴懺悔錄」推出之後，社會大衆對曲美鈴這種奇特的懺悔方式多半不能接受，許多愛湊熱鬧的Call In節目又邀請了許多來賓講評曲美鈴是否眞的有所悔恨？還是只是利用時機撈錢？而不令人意外的，現場幾乎是一片撻伐之聲，僅僅只有少數幾個和曲美鈴親近的人士，能夠用比較平和的方式去爲曲美鈴辯護。

有趣的是，就在鄙夷、唾棄、嘲弄的評價成爲主流的時候，「曲美鈴懺悔錄」的熱賣也震驚了出版界，不到幾天，全省各地幾乎銷售一空，不僅各書商通路紛紛要求追加，就連新加坡、香港乃至於全球華人聚集的地區，都緊急聯絡出版社，希望能夠立刻加印火速空運抵達，甚至還有國外大型出版集團派專人來台洽談英文版的籌畫事宜。這種瘋狂擁護的盛況，讓當初還有點擔心形象會受到影響的出版社方面笑得合不攏嘴，所有的陰霾當然一掃而空。

而對曲美鈴本人來說，「懺悔錄」的狂賣也讓她吃下了定心丸，於是再度接受媒體專訪，親自現身解釋自己這次出書的理由。當主持人問到：「在妳出書之後，很多人質疑妳是否已經眞的懺悔？爲什麼妳前一分鐘還痛不欲生，後一分鐘又能夠侃侃而談地將所有和妳有關係的男人的往事全部說出來呢？」

「我要傷心多久，才能算是眞的懺悔？」曲美鈴相當鎭定地回答：「我寫這本書的目的，只是用我自己的方式，將自己在社會面前剖白，對我來說，這就是最好的懺悔。至於有人抨擊我，說我只是爲了賺錢。我必須說，我還年輕，我還必須爲我的家人而活下去，既然要活下去我就一定要設法養活自己。難道因爲我發生了這樣的事情，就連生存的權利都沒有了嗎？」

看著曲美鈴好像和平常一樣的理性回答，可是很明顯地，主持人卻發現在曲美鈴的瞳孔中，一種堅定的自信與沈著，前所未有地隱藏著，以往那種閃爍飄移的眼神已然消逝，「她經歷過這段時間後，眞的已經變成不一樣的人了。」這位平常以氣勢凌人著稱的主持人，忽然間覺得有些張口結舌，因爲他猛然驚覺在曲美鈴身上散發出一種莫名的氣勢，儘管不能算是剛強猛烈，但卻很陰柔的壓在自己身上，讓他覺得自己有些招架不住。

這種轉變其實曲美鈴自己也感覺到了，她發覺自己忽然變得更有自信、更能無視於任何橫逆與打擊了；「我眞的成長了嗎？還是我已經變成另外一個人了？」她一邊對著主持人垂淚顯示自己內心的痛苦掙扎，一邊卻這樣在心中自我詢問著。

下了節目，曲美鈴回到了隱密的居所，她刻意將手機關機，好讓自己有個沈靜的思索空間。

「到了現在這個地步，還有誰能夠動搖到我的生活呢？」她開始仔細分析：「現在檢察官已經對陳姐具體求刑4年，卓文亮也被求刑1年，左芳芳雖然提前交保候傳，可是也不見得能夠脫身，還有那個一直躲藏在後面的祝東光，現在已經被檢察官用暗示的方式點名，應該很快就會被牽連進來了吧？」

如果是平常的她，想到這裡的時候應該會很得意，但現在她卻只是冷靜地思考著：「陳姐還眞厲害，一肩承擔起所有罪過，原因也超乎外界的想像，就只因爲嫉妒，這樣簡單的動機，不知道能不能說服外界？……算了，她應該不會再牽扯出其他的了吧！而卓文亮就算不被判刑，他和祝東光兩個人的政治生命也就此毀了，左芳芳這個小女孩無關緊要，有沒有被判刑都不關我的事，只是林建群恐怕就要讓他逃掉了。」她接著又搖搖頭：「不過，……也無所謂，以林建群那種膽小的性格，就算沒有被抓，我看他這一輩子心裡都不會安穩，算是他自己幫我報了仇了。」

想起報仇，曲美鈴又將念頭轉到了雜誌社身上：「這家雜誌社我看應該就此完蛋了，不過我得小心一點，不能再讓他們有翻身的機會，對了，我應該要請律師趕快設法查清楚雜誌社的財務狀況與一切資金流向，否則他們被判刑之後萬一想辦法脫產，我的賠償金可就沒有著落了。」雖然歷經這麼多的變故，曲美鈴的習慣還是沒有改，順手又在紙上寫下：

「2000」這個數字……

「那件事情現在應該沒有人會再提起了，就算是陳姐自己，爲了將來著想，也應該不會再讓事件變得更加複雜。」曲美鈴心裡還是有個磨不去的疙瘩，她習慣性撫著已變短的髮際，腦海裡轉了幾圈，最後爲自己下了一個安慰式的註解：「其實就算她現在拿出來，我也不必害怕了，該處理的事情都已經處理好了，陳姐如果眞的笨到拿出這個東西來和檢方做交換條件，到最後也只會害到卓文亮與祝東光，和我絕對牽扯不上任何關係。」

想清楚自己沒有立即的危險之後，曲美鈴又接著思索著未來的計畫：「我的名聲是完了，但是從這次這本書的銷售情形看來，對大部分人來說，曲美鈴雖然是個壞女人，卻是個有價值的壞女人，相信我未來的節目應該也會作得不錯。反正對他們而言，曲美鈴也沒有形象可言，既然如此，我就可以徹頭徹尾地作回我自己，讓大家知道眞正的曲美鈴究竟是什麼樣的人？或許，這樣反倒可以獲得更多人的認同，讓我眞正地浴火重生呢！」

思緒逐漸清明之後，曲美鈴越來越明確地感覺到，自己早就應該這樣做了，以前的自己太嬌柔造作、太過分矯情，明明可以很簡單處理的事情，偏偏因爲自己瞻前顧後而弄得不可收拾。「以前的曲美鈴實在是太笨了。」她恍然大悟似地自省：「要不是因爲我以前太愛惜羽毛，很多事情怎麼會有這種結局？我要不是姑息養奸，陳姐又怎麼能傷害我？要不是我輕易付出，林建群又能發揮什麼作用？卓文亮和祝東光這兩個小人，更應該只是被我玩弄於鼓掌上，何至於弄到今天這種同歸於盡的局面？」

深深吸了一口氣，她像是終於明白了自己應該要走的方向，想到了今天主持人對她那種迷惑與困擾的神情，她忽然覺得全身都充滿了力量：「我一定會成功的，我要的東西，總有一天會是屬於我的。」在昏暗的房間中，曲美鈴的雙眼綻放出了耀眼的光芒。

而也就從這一刻開始，被光碟「謀殺」後的「曲姐」，終於也被她自己「謀殺」，一個快速復活、全新的曲美鈴，正用她跌跌撞撞的復出模式，邁向詭譎多變、無可預知的未來……（全文完）

後記

這不是一篇新聞報導，這是一篇不折不扣的小說。

或許有很多人認為這部小說有強烈的影射意味，但我必須說，小說中的人物絕對不是現實世界中的人，也不會是某些真實人物部份性格的具體投影，雖然，我承認小說確實引用了某個真實事件的部份結構。

看起來，這個故事好像並沒有一個完整的結局，可能有人以為這是刻意閃躲的結果。但在我以為，整個故事原本就不應該會有一個結局；人生也是一樣的，人的壽命有一定終結的時刻，但這個人的評價與精神，卻很難蓋棺論定。

「鳥在花園裡叫得很響亮，可是人們卻故意摀住耳朵，假裝聽不到叫聲。」世界上有很多事情其實非常簡單明瞭，但人們卻總是不肯相信事情就是這麼單純。同樣的，如果妳（你）不願相信我的說法，或許是因為你刻意摀住了你（妳）的耳朵了。

國立中央圖書館出版品預行編目資料

曲姐的光碟謀殺案

/謝寒冰作---出版一台北市

晴易文坊媒體行銷，2002（民91）面：15×21公分

（新聞小說：1）

ISBN 957-30278-2-8 （平裝）

857.7 91002582

新聞純小說系列—壹

曲姐的光碟謀殺案

作者◎謝寒冰
總編輯◎楊逢元
主編◎楊健湘
視覺設計◎捌壹捌
發行所◎晴易文坊媒體行銷有限公司
發行人◎石育鐘
地址◎台北市復興南路1段44號10樓之3
電話◎02-2772-1525
傳真◎02-2772-1526
網址◎www.sunbook.com.tw
e-mail◎peggy@sunbook.com.tw
郵政劃撥帳號◎19587854
戶名◎晴易文坊媒體行銷有限公司

總經銷◎紅螞蟻圖書有限公司
電話◎02-2795-3656
傳真◎02-2795-4100
製版印刷◎永光彩色印刷股份有限公司

出版日期◎2002年2月20日
定價◎新台幣210元